Reinhold Franz

IM KOSMOS DER GRINSEKATZE

Gedichte ohne Reim

Bibliografische Information der Deutschen Nationalbibliothek:
Die Deutsche Nationalbibliothek verzeichnet diese Publikation in der Deutschen Nationalbibliografie; detaillierte bibliografische Daten sind im Internet über dnb.dnb.de abrufbar.

Herstellung und Verlag: BoD – Books on Demand, Norderstedt

ISBN: 978-3-7597-5269-7

gipfel des unfassbaren

ich bin schlafwandlerisch über
viele eiszapfen hinweggestiegen
und wusste gar nicht
was sie mit mir machten
oben auf dem gipfel angekommen
fühlte ich mich
als würde mir jemand salz
in eine offene pfefferwunde streuen
im aussichtsrestaurant
mit den großen panoramascheiben
habe ich jedes wort der speisekarte
umbuchstabiert
dann gespiegelt
und mir dieses verwirrende menü
dann bestellt
aus diesem nebelreich der geheimplätze
konnte man nur nach innen auswandern
seine eigene verdauung beobachten
erstaunt feststellen

wie sich die leber beleidigt zurückzog
die galle nach einem fluchtweg suchte
hoffentlich bringt jetzt jemand licht
in diesen unverhandelten gedankenbrei
ich hätte lust mehrere weihwasserkessel
leerzutrinken
um den salzigen geschmack loszuwerden
all die erdrosselten einfälle
die zu meinen füßen lagen
ewig schade drum
nach dem essen schluckte ich
decodierkapseln
und alles geht zurück auf anfang

telefon

im telefonkabel noch
die verhedderten gesprächsfetzen
die sich immer mehr vom
eigentlichen thema entfernten
aus den filigranen gedankenverästelungen
kamen weiße wortwolken
rüttelten an ihrem einsamkeitskäfig
auf der suche nach zuwendung
ohne düstergelbe endschnörkel
ihre wandelhirne klammerten
sich an beinahewunder
voll von flitterherrlichkeit
und dass ein warmer lufthauch
ihre fallstrickseelen berühre
bitte leg nicht auf
und komm mit mir ins einfallsreich
schenke mir blumige reden
mit wachsendem einfluss
begossen mit tränen

im telefonbuch standen sie alle
versteckt hinter stahleichen
und starrten auf das fräulein vom amt
wie sie in traumwandlerischer sicherheit
die verbindungen schuf
übelten faltsam ihren krickelkrackel
zwischen telefonterror und telefonseelsorge
trugen luftarmeen die dramen weiter
wurde die leitung gekapert
abgehört mitgeschnitten
in archiven gelagert
ein friedhof der gespräche
ring ring klingelton
gib mir ein freizeichen

tyrannenmord

professionelle ränkeschmiede
sorgen dafür dass nicht alles
in friede freude eierkuchen endet
aufgepasst der teufel macht sein spiel
mit dampflokomotive
und einigen salonwagen
fuhr der tyrann in den bahnhof ein
die hoffotografen mit ihren großformatigen
balgenkameras standen schon bereit
mit einer quastenbesetzten fantasieuniform
erschien er an der tür des waggons
vom dampf eingehüllt
wurden die ersten fotos geschossen
in seinem gefolge
haderlumpen und gürtelschnallen
sadisten und postboten des bösen
vergoldete kalaschnikovs
und faustfeuerwaffen
sind die bevorzugten mittel der macht

über ihnen schwebte das verhängnis
und warf einen gefährlichen schatten
der kessel der lokomotive
musste immer unter feuer bleiben
denn überall wo das gute zu siegen drohte
musste er einschreiten
frauen wurden von ihm
aus katalogen ausgewählt
und für eine nacht eingeflogen
tyrannen schlafen schlecht
und jede nacht an einem anderen ort
sie haben jede menge doppelgänger
die für sie opferlämmer spielen müssen
sie trauen niemandem
am wenigsten ihrem koch
von verfolgungswahn getrieben
ihre feinde schneller umzubringen
als von ihnen umgebracht zu werden
und so kommt ein schneeballsystem
des mordens ins rollen
kalaschnikowa molotovskaja handgranatetschka

überwachungskameras spitzel und wanzen
geheime fluchtwege die direkt ins verderben führen
irgenwann macht das misstrauen
aus jedem freund einen verräter
dessen kopf aufgespießt
und auf dem marktplatz ausgestellt wird
über allem liegt die drohung
ich werde dein blut trinken und mir
deinen schrumpfkopf an den gürtel hängen
viele konnten nur noch ihr blutiges hemd
als segel an die gitterstäbe binden
und es mit dem wind
ihrer verzweiflung antreiben
bei den kindern der tyrannen
ist foltern hauptfach in der schule
psalter und harfe wacht auf
tyrannenmord ist legitim

law and order

unser amischlitten auf blattfedern gebettet
wummerte durch geisterstädte
dollarstücke wurden aus dem fenster geworfen
und dann mit dem 45er durchlöchert
auf einem verlassenen flughafengelände
fuhren wir burnouts in form von achtern
in den asphalt
in madrid saßen wir dann im drugstore
tranken stundenlang free refills
und schauten aus dem fenster
ins aufkommende schneetreiben
und auf halbverfallene bretterbuden
ab und zu ein polaroid von einer krähe
die hartnäckig dem schneesturm trotzte
am nächsten morgen steckten wir uns
gegenseitig den sheriffstern an
es sollte wieder ordnung herrschen
wir waren unterwegs auf dem u.s. highway 160
zum wolf creek pass

mit einem 49´er buick roadmaster
ein ps monster mit chromblitzenden
knochenbrechenden stoßstangen
manchen menschen
durfte man nicht die chance geben
weiteres unheil anzurichten
im supermarkt kauften wir
zusätzliche waffen und munition
lebensträume zerfetzt im mündungsfeuer
zum glück war es nur der fernseher im motel
der wegen unerträglichem
programm schwachsinns dran glauben musste
am nächsten morgen konnten wir
unseren benzinsaufenden eisenhaufen
nur mit startpilot zum leben erwecken
aufgewirbelter powder snow nahm uns die sicht
als wir durch die schneeverwehungen fuhren
auf passhöhe war die straße gesperrt
manchmal möchte man sein leben in den gully kotzen
aber jetzt mussten wir erstmal
die nacht überleben

auf einem parkplatz stellten wir das auto ab
kochten tee auf einer gasflamme
den wir während der nacht tranken
im schein der taschenlampe
schrieben wir mit feinem edding
die namen der verbrecher auf die geschosse
mit dem zollstock vermaß ich
die tiefe der finsternis
konnte den wert jedoch nicht ablesen
nie gedachtes blitzte kurz auf
und erfror dann in der kälte
früher zu zeiten der unbunten fernseher
konnte man nur schwarz weiß träumen
heute geht es anscheinend auch farbig
potztausend gedankensplitter
schrapnellten durch die nacht
als es tag wurde stand jenseits der schranke
ein schwarzer suv mit getönten scheiben
die hände hatten wir
zur besseren beweglichkeit warm gehalten
jetzt gab es kein zurück mehr

börsensplatter

männer in grauen anzügen
starrten aus ihren bruchsicheren glasfassaden
bis sich die nadelstreifen quer stellten
der aktienindex erreichte den scheitelpunkt
und gerade als sie ihr allzeithoch
bejubeln wollten
raste alles auf einer wilden
achterbahnfahrt nach unten
gepanzerte antiterror schweigeminuten
jeder erstarrte zum personifizierten nichts
wahngeflüster kroch aus ihren hosentaschen
verkaufen
brüllten sie dann in ihre telefone
und gaben es trotzdem nicht auf
von einer lustgewinnausschüttung
zu träumen
überproportionale gewinne
werden eure augen umkreisen
aber vorsicht

das risiko streuen

oder alles auf eine karte setzen

den renditerechner füttern

manchmal wird das glück

zu überstunden gezwungen

so wünscht man es sich

auf dem glatten parkett

sich die knochen zu brechen

ist sehr viel wahrscheinlicher

als sich mit fetten gewinnen

ins ausland abzusetzen

vermeide es im rachen des drachen

nach mitleid zu suchen

nichts

manchmal entstehen goldige gedanken
verbrämt mit silbernem nichts
wobei nichts zu denken
sehr schwierig ist
das ziel sollten gedanken sein
die saltos aus dem nichts schlagen
nichts ist so furchteinflößend
wie das nichts
da wo das nichts nicht ist
breitet sich das etwas aus
weniger ist mehr und
somit wäre nichts am meisten.
ein auto tauchte
aus dem nichts auf bedrängte mich
rechts am waldrand
lauerte der horror vacui
jedoch am schlimmsten wäre es
zwischen zwei nichtsen eingeklemmt zu sein
buddha saß 40 jahre unter einem baum

nur mit spinnweben bekleidet
hat nichts gemacht
und das war seine produktive phase
kann man etwa durch das
nichterleben am meisten lernen
war es eine vorbereitung auf das
was nach dem tod kommt
niemand sah die parias
als sie sich in einem nichts auflösten
ein nirvana mit nichts als vielen nullen
geschmückt verschwindet im nichts
gesammelte leere in büchsen
gegen reizüberflutung
mit glauben aufgepumpte leere
dem wissen so fern
riten und ramsch
veräscherten in räucherstäbchen
zum glück heute der dummheit
aus dem weg gegangen
bildlos richtungslos unterscheidungslos
es war mal wieder nichts los

ohne moos

gestorben begraben von würmern

gefressen verwest vergammelt

wenn man glück hat

kann man in seinen kindern weiterleben

oder in der erinnerung anderer

oder mit einem einzigen satz

das leben anderer verändern

einlass ins hirn bekommt nur wer vorher

bei der wahrnehmung geklingelt hat

nichts reden nichts sehen nichts hören

dies hier ist ein

vademekum im umgang mit nichts

professionelle klageweiber arbeiten

gegen das leergefegte nichts

wer ohne nichts weiß

muss ohne alles glauben.

denken kann man nur

mit vorhandenen worten

an das nicht seiende zu glauben wurde abgelehnt

verminte sätze

heute nacht sind mir die folgenden
verminten sätze vor die ohren gelaufen
in ihrem fair getradeten unwohlsein
zeigten sie mir die schwächen der welt
wir dürfen es nicht zulassen
dass sie ihren flüchekrug
über uns ausschütten
irgendjemand hatte die sätze
von der kette gelassen
und konnte sie nicht mehr zurückholen
hilfesuchende hände
streckten sich durch das sprachgitter
um die lebenslinien
an ihrem schnittpunkt zu treffen
wir sollten vorsichtig
in den schmerz hineinatmen
uns nicht beeindrucken lassen
von den kulissenschiebern
die uns vom ungewissen

zum realen vieles vorgaukeln
uns klar werden
dass man sich vor schuppenregen
nicht durch einen schirm schützen kann
in ihren fernsehsessel hineinverwesen
das scheint das ziel vieler zu sein
hin und hergewundert
von dieser gedankenschnitzkunst
erklangen flöten aus schienbeinknochen
und wörter bewegten sich
im konturentanz um den
gravitationsmittelpunkt
an dem selbst lichtstrahlen ihr ende finden
tango alpha november zulu

totenbuch

in einem stillgelegten eisenbahntunnel

feierten sie weihrauchorgien

an groben tischen aßen sie

ihre mit labsal bestrichenen brote

aus papier gefaltete
geisterschiffe mit nachrichten
trieben auf dem strom des vergessens

seelenverkäufer priesen ihre ware auf tapeziertischen an

die wärter würfelten um den letzten wimpernschlag

ein ganzes arsenal an stimmungsaufhellern

konnte hier nicht mehr helfen

mit ihren tränen nährten sie die rosen

von jericho die ins leben zurückkehrten

die ungläubigen weigerten sich

ins allgemeine gejammere einzustimmen

sie hatten ihr leben gelebt

und hofften dass die schmerzen
in der stunde des todes erträglich blieben
quer durch den tunnel
hatten sie dünne drähte gespannt
die mit einem holzstück in schwingungen
versetzt einen unterirdischen klang erzeugten
von zeit zu zeit wurden menschen
mit draisinen abgeholt
ihre mitgebrachten habseligkeiten
waren wertlos geworden
brillen eheringe kleidung fotos
alles wurde eingezogen
und in kisten aufbewahrt
an schaltern lösten sie
die himmelfahrtskarten
ab jetzt sprachen sie nur sterbensworte
wo wird die reise hingehen

durch ferne galaxien multiversien oder perversien

gleich nach eintritt mussten die verstorbenen

das negative glaubensbekenntnis rezitieren

kein fehler entging dem gerichtsschreiber thoth

balancierend auf riesiger messerschneide

über dem feuersee ging der weg weiter

darauf folgten ewige finsternis

in der luft und wasser mangelten

geheul im tal der ahnungslosen

denn es gab keine mildernden umstände

ein skarabäus diente als spickzettel

für die zu gebenden antworten

von anubis wurde ihr herz gewogen

und durfte nicht schwerer als eine feder sein

alle jene die die prüfungen bestanden hatten

durften ins gefilde der binsen eingehen

und unsterblich werden

küchenphilosophie

mit der wucht einer energiesparlampe

betrat er den raum

befreite sich aus seiner selbstleuchtenden hülle

ging zum kühlschrank holte sich ein bier

um den zustand seines chemischen

ungleichgewichts zu beheben

jetzt konnte er in ruhe

seine hirngespinste vergolden

wenn schatten kontur annehmen

und aus dem schatten heraustreten

was wollen sie ihm sagen

hat er gegen ein schattengestz verstoßen

er hat die sonne verspielt

bevor sie aufgegangen ist

trotz anstrengung hat er öfter danebengedacht

den sprachschutt und die sinnscherben

beiseite gekehrt

ließ sich nicht beirren

knackte den chitinpanzer vieler wirbelzwirbler

spießte sie mit dünnen nadeln
in den boden von schaukästen
zur spurensicherung
die zeiger der küchenuhr verbogen sich
sie wollten den zweiten schritt
schon vor dem ersten tun
während er so über die erdenschwere
weidonierte
rollte ein dreigetüm von begeisterung
versagensangst und fehleinschätzung
auf ihn zu schüttelte ihn durch
trieb ihm die schweißperlen auf die stirn
mit der erkenntnis dass es schwer sei
den arsch vom ende her zu denken

fotografie

ein bildertresor mit glasaugen
lichtdichtes türchen öffnen
zelluloidfilm einlegen
und transport und klack
im besten fall ein seelenfänger
oder regentropfen in die länge zieher
bei langzeitbelichtung
ein schnappschuss
trifft ausgerechnet den hasselbladner
die fehlbelichteten verwackelten und
unscharfen fotos werden dem feuer übergeben
mamarazzis und paparazzis tanzen
zum klang der balla leicas
flankiert von tintenstrahldruckern
die mit rat und tat und rattatatt
ihren gefärbten senf hinzugaben
vom fegefeuer der eitelkeiten
kommen sie dann in die bilderhölle
umgeben von millionen von bildern

sind sie unfähig
sich auf eines zu konzentrieren
der fotoapparat liegt da
die sonnenstrahlen fallen
unglücklich ins objektiv
dann brennt der linse
die sicherung durch
und das zimmer geht in flammen auf
farben werden in licht geboren
und in der nacht sind alle katzen grau
mit einem oktokopter
und angehängter kamera
fotografiere ich die adlerjungen im nest
leider haben die eltern nicht verstanden
dass dies eine friedliche mission ist
und zerreißen den oktokopter in der luft
in den brennweiten der wüste
sammeln linsen die lichtstrahlen
bündeln sie und heizen den sand auf
irrlichter lassen die schiffe
der fata morganen auf riffe laufen

die versicherung schickt fischaugenobjektive
um den schaden aufzunehmen
priester objektive predigen lichtstärke
und zeigen dunkelschwäche
auf dem gruppenfoto mit den einheimischen
sehe ich später wie einer
mir den geldbeutel zieht
alle die von der sintflut übriggeblieben sind
ertrinken jetzt in der bilderflut
keiner entgeht mehr der optischen verschmutzung
heiliger bimbam
synchronisiere blitz und kameraauslösung
so dass sie zusammen erfolgen
heiliger bombast errette uns vom mittelmaß
und gib unseren bildern größe
der psychopath legt fotos seiner feinde in die schuhe
so dass sie bei jedem schritt getreten werden
mit einem beherzten schritt tritt er
aus der schärfeebene und verschwindet in den
unendlichen weiten der unschärfe

zeit

er geriet mit seinem querbeetkopf
in eine abwärtsspirale und sein
körperchen wurde hinterhergezogen
er fiel der zeit ins drehende rad
und obwohl seine lebensuhr
aufgezogen war
erfasste ihn die unruh
und schlug ihm falten in die stirn
ein zifferblatt ohne zeiger und ziffern
und jeder der vorbeikam
schrieb mit seinem blut
hilferufe drauf
ausgerechnet ein sandkorn
verirrte sich ins getriebe
seines mechanistischen weltbildes
der zahn der zeit
zerbiss das volle glas
gerade als die lippen
den rand berührten

das eigentlich schlimme ist die zeit
denn sie kriegt alles kaputt
sollen wir sie totschlagen
hinter jeder belegbaren ziffer
lauert die dunkelziffer
ein mensch an den füßen angebunden
dient als glockenklöppel
seine ohrfeigenmusik
dringt bis hinter die berge
ein dachschadenverdächtiger
zieht jede stunde am glockenseil
in seiner abwärtsbewegung
kann er sich am pendel festhalten
rutscht dennoch weiter nach unten
bis er endlich auf der plattform
einer riesigen säule landet
trifft dort simeon den säulenheiligen
im härenen gewand
mit dessen verpflegungskorb
geht die fahrt weiter abwärts
in die dunkelheit

vorbei ist es mit dem
senfgeigenverhimmelten vorderhirngekröse
die refazeitnehmer stoppen
alle hundert meter die zeit
möglich dass die zeit
langsamer fließen
und der raum schrumpfen kann
der diktator uhr zeigt uns
wo der klöppel hängt
tic tip trip tac tic
wir sind auf dem weg
von der ordnung zur unordnung
die elixiere des teufels
verwandeln sich
in vexiere des scheiterns
verschlingwabern durch die zeiten
anschließend kuren wir
in marienbad
das fadenende des schicksals
liegt im unsichtbaren

ey alter

greissägen ginsengfurzeln
tattersapper steife glieder
ächzen stöhnen runzel fieber
langsam checker schnell verlierer
aus jeder treppe
grinst die eiger nordwand
nix gehört aber so getan als ob
ist da was brille auf brille ab
mit dem spazierstock massiert er
die warmgeduschten altersfalten
in illegalen rollatorrennen
sich noch einmal beweisen
weisheit oder nur weißes haupt
viel zeit haben
und trotzdem nicht fertig werden
willst du ihn auf das karussell
seiner gedanken setzen
pfauenstolz hagestolz truthahneitel
nur noch ansatzweise

verwirrt verwahrt vergessen
medikamentös auf arbeitsminimum
der pfleger eingestellt
man möchte krokodilstränen weinen
so groß wie straußeneier
die dann von einem elefanten
ausgebrütet werden
und immer wieder die hoffnung
nochmals auf den vorbeiziehenden
lebensfilm aufzuspringen
ihn zu seinen gunsten korrigieren
jedoch vom essen auf rädern
zurückgeholt werden
in die niederungen der wirklichkeit
ohnmacht und willkür tanzen behende
über den frisch gebohnerten lampenschirm
irgendjemand jongliert
mit brennenden hula hoop reifen
während er im hechtsprung
durch sie hindurchfliegt
der geruch des todes

setzt sich in den ecken fest

früher hatte er mehrere preise

im gedankenweitwurf gewonnen

heute ist nur noch

ein einziger atemzug leben in ihm

objekt der begierde

beklatschmohnte plüschsalons
mit watteweicher federung
sie hatte sich vorgenommen
den palast nicht ungebürstet zu verlassen
sieben schleier besetzt mit goldflitter
für den notfall die roten stöckelschuhe
und ein breiter goldfarbener
seidengürtel der die taille einschnürte
der held hatte aus versehen
in testosteron gebadet und nicht in drachenblut
blümerante verhosenballungen
die sich gegenseitig den bauch pinselten
verbündeten sich mit stöhn und stammel
gefühlte 100 erdbeerfarbene
lüsterlippen senkten sich herab
und ließen ihn die sensation
der großflächigen hautberührung spüren
die morsche hose krachte
unter dem inneren ansturm

räucherwerk der balsambaumgewächse

half den erinnerungen an die oberfläche

nur die haremswächter

hatten eher spaß an gaumenfreuden

und steckten ihre zungen

in rhabarbermarmelade

das spiel ihrer fußringe brachte das blut

selbst der hundertjährigen zum kochen

nun hielt der deckel des teekessels

dem druck nicht mehr stand

und flog an die zimmerdecke

vokale

auf der schlangenumringelten traumterrasse
lag ich im liegestuhl
vor mir der buchstabe a
der edelste und ursprünglichste aller laute
mit dem ich elfenbeinbebuckelte
wortungetüme erschuf
die sich dreidimensional
im plissierten lichtfall drehten
dann wechselte ich zum buchstaben e
d-e-r imm-e-r w-e-it-e-r um sich gr-e-ift
zwischen panzerbrechendem schrillgesang
und nachgeahmtem leben
dämmersüchtig und lachbereit
ehedem elend endemisch
im buchstabenmuseum stahl ich den buchstaben i
der mit a und u zu den ältesten vokalen gehört
ich versuchte das i festzuhalten
und vor der radiergewalt der zensoren zu schützen
dann drehte und wendete ich

den buchstaben o und er stand

olala immer richtig

mit dem buchstaben u

versuchten innere monologe

die luftgebogenen wanderspiralen

in zaum zu halten

einigen federschurken gelang es

diese tintenkünste festzuhalten

im überlängenlobgesang

gratulierten sie sich selbst in dauerschleife

zu ihren klappaltären

hinter denen sich die

bosheit ihrer fruchtbarkeitsgebilde

verbarg

gewalt

in sichtweite kamen
die schädelspalter
die das blut aus ihren
eigenen hirnschalen tranken
glühfäden seilten sich ab
bis sie auf zündnadeln stießen
die haut roch verbrannt
mein sprungbein
flog ihm quer ins narbengesicht
die herren der blutbäder
mussten durch treibsand navigieren
bis zur schnittpunktförderung
die augenlust zerstört
durch ein federmesser
am fleischerhaken hing
der regenbogenschaum
der verlorenen wünsche
man möchte mit dem rücken
zur wand stehen

aber es gibt keine wand
den ersten erdrosselte ich
mit seinen eigenen krampfadern
ein anderer setzte sich einen
abgeschnittenen skalp
auf seine glatze
und ließ sich fotografieren
wir stolperten durch dieses
wundgescheuerte hexeneinmaleins
und wehrten knochenbrecher
und knotenkeulen ab
ich hob mit zitternden händen
mein abgetrenntes ohr auf
und sprach ihm trost zu

wortgirlanden

total verstrahlte worteverbieger
und sätzedrechsler
ziselierten ihre kreationen in den sand
der wind strich über den
teller seiner buchstabensuppe
und ordnete sie zu sätzen
sätze die man vorwärts
und rückwärts lesen konnte
und die einen unterschiedlichen sinn ergaben
saltos die wörter schlugen wurden verhaftet
hingegen wörter die saltos schlugen geehrt
hier gab es die letzten paradiese
für bedrohte wörter
kalligrafen choreografierten den tanz
der polierten worthülsen
sie sollten ihren namen
auf arabisch tanzen
wortungetüme bauten sich auf
und wurden vom heiligen sankt georg

mit dem schwert zerhackt
kryptographisch verschlüsselte texte
wurden von codeknackern
ins leben zurückgeholt
und das wort ist fleisch geworden
und der aberglaube hat unter uns gewohnt

den buchstabensalat wiederkäuen

und sprechblasen rülpsen

alle nichtwörter bekommen
in scrabble keine chance
stotternde maschinengewehrsalven feuerten
wörter in capitalis monumentalis an die wand
am grund des wörtersees ruhen wortschätze
die gehoben werden könnten
leihmutter brabbelte radebrechte stammelte
bis ein neues wort geboren ward
das wunder der wortwerdung
und die beschreibung der welt
mit 27 buchstaben
es raunten die runen
aus buchenstäbchen

unsägliches zur unzeit
ohne worte wäre gold gewesen
und hätte kopf und kragen gerettet
diese lagen jetzt wortlos auf getriebener
und punzierter silberschüssel
der satzbau zu babel
endete in der babylonischen sprachverwirrung

hanebüchene dunkeldeuter brummelten

mehrdeutiges auf doppeltem boden

gesalbt geteert gepudert

am dritten tage aufgestiegen

in den bildungsbürgerturm

zur rechten von reich ranicki sitzend

zu richten die tatzen und die pfoten

maulhelden und verbalbelichter
wechselten sich in der deutungshoheit ab
wieviel sinn verträgt unsinn in worten
und werken und in den sinnfreien zonen
die flickschuster des widersinns

nahmen die sinnkrise in sippenhaft
ich möchte der leuchtturm
für wortverbindungen sein
damit sie sich finden können
ein kurzes aufbegehren
gegen das wortesterben
jeden tag ein verstaubtes wort
zum leben erwecken

san fermin

wir kauften weiße t-shirts

und rote halstücher

ab 12 uhr startet san fermin in pamplona

und wir sind mitten drin

es beginnt nun ein wettbewerb

sangria oder andere flüssigkeiten

nebenstehenden menschen

über den kopf zu gießen

durch zufall

haben wir eine wohnung

im zentrum des geschehens bekommen

vom balkon aus sehen wir unglaubliches

zwei männergruppen begegnen sich

umarmen sich

tätscheln sich gegenseitig die wangen

und verprügeln sich anschließend

eine million menschen

kommen nach pamplona

zu den stierläufen

eine woche lang wird
rund um die uhr gefeiert
musikkapellen laufen durch die straßen
und heizen die stimmung an
einer kommt mit einem
fast leeren sangriabecher
stellt ihn in die ecke
pisst hinein bis er randvoll ist
und bietet dann anderen sein getränk an
als niemand davon trinken will
schüttet er es in die menge
glasscherben sammeln sich am straßenrand
einer rutscht auf den sangriaresten
aus und stürzt in die glasscherben
blutüberströmt liegt er da
und es dauert lange
bis der notarztwagen bei ihm ist
von unserem balkon sehen wir direkt unter uns
einen drogenhändler der bei bedarf eine plastiktüte
mit gras aus seinem hosenlatz holt
jugendliche springen

von einem vier meter hohen steinbrunnen
und werden von der menge
unten aufgefangen
einer der im volltrunkenen zustand
auf dem brunnen steht
macht einen rückwärtssalto
und wird sicher aufgefangen
einer schlägt sich ständig
die sektflasche auf den kopf
blut läuft ihm aus dem ohr
drogen und alkohol erwürgen die vernunft
800 meter lang ist die straße des stierlaufs
start des stierlaufs morgens um 8 Uhr
und dauert nur wenige minuten
eine woche lang jeden tag rennen stiere
und vor ihnen die menschen um ihr leben
keine rucksäcke keine fotoapparate dürfen
von den läufern mitgenommen werden
polizei haut fotoapparate der läufer
auf den boden
betrunkene läufer werden aussortiert

wegstrecke wird gereinigt
vom bürgermeister
und mitarbeitern kontrolliert
kampf um die besten plätze
auf dem holzzaun
die läufer rennen
und schauen dabei nach hinten
ob ihnen ein stier zu nahe kommt
manche läufer stolpern dabei
andere fallen über sie
und werden anschließend
von den stieren überrannt
jugendliche auf fensterbänken werden
von polizei mit gummiknüppeln
heruntergeprügelt
einwohner vermieten ihre balkone
an touristen
stiere rutschen in der kurve auf
dem kopfsteinpflaster aus und stürzen
am ende der wegstrecke
laufen die stiere in die arena

delirium

am ende des glases bleibt
ein kleiner kater übrig
auf krummen pfaden schleicht
er durch ein geigengewitter
sein miauen beugt sich tief
hinab in den weltschmerz
im schwindelkreis sieht er feuerkugeln
die hicks hängen am nietenband
sein kopf will zerspringen
im spalier der druckluftfanfaren
gegen das getorkele mit
stützstrümpfen ankämpfend
psalmodiert er durch seinen traumdunst
die reste der promille versteckt
er unterm kopfkissen
im gelalle des dämmerdunkels
sieht er weiße mäuse
als den ursprung der verwirrung an
mit seiner fahne bringt

er die glutnester zum brennen
und löscht sie mit berauschendem naß
speiübel ist ihm
der kalte schweiß steht vor der tür
und spricht zu ihm
aber die worte flutschen durch ihn hindurch
zappenduster ist es und blinde flecken
garnieren ernüchterungsfern
sein delirium
hochprozentiges steigt benebelnd
aus gedankenblasen
in bespielte schwindelpartien
dann muss er an schweinskopf mit sülze denken
und kann endlich kotzen

ton und klang

getonte vernachtigallungen
beklangten die ohren der auserwählten
doppelbödige klangkörper der sirenen
zerrten an meinen fesseln
eingelulltes gelalle
und andere ohrenkitzler
lenkten mich von meinem ziel ab
locker durch die hose geatmete klangwelten
begleiteten mich auf den spaziergängen
plötzlich gaben
riesengroße trommeln am straßenrand
die taktzahl vor
abgelöst vom spiel der elektrogitarren
und einem spalier
aus langhaarigen headbangern
im flachen wasser eines baches
wurde der rhythmus gepatscht
eben noch bedenkenträger und stirnrunzler
wurden die zuhörer jetzt

vom klangerlebnis mitgerissen
blinde wurden sehend
und lahme konnten tanzen
am königssee kam das trompetete echo zurück
und haute mich um
jemand spielte auf der mundharmonika
das lied vom tod
doch keiner hörte hin
simsalabimbambasaladusaladim sang hadschi halef omar
und kara ben nemsi
begleitete ihn auf der harfe
ein schiff wird kommen
schaukelnd auf den wellen
im vier viertel takt
kleinodien des klanges
wurden zu großen oden
an das hörerlebnis
bei der eroberung jerichos
wurden sieben schofarhörner geblasen
von den grässlichen tönen getroffen
stürzte die stadtmauer ein

die tonlage des schwachsinns
breitete sich trichterförmig aus
die häuser der musiker
wurden mit klangfarben gestrichen
jammerton und klapperton
verliefen sich im wald
bis dass die büchse knallt
ihre hilferufe wurden vom
schmalbandigen rauschen
bzw. windheulen überdeckt
im kraftwerk der gefühle
konnte ein geigenstrich
die seele aus dem leib ziehen
die anblasgeräusche
der überlangen panflöten
sind mir nach jahrzehnten
noch im gedächtnis
das einschwingverhalten meines körpers
auf die sehr tiefen töne ebenfalls
ernesto cavour mit seinen musikern in la paz
oder die tiefen glockenklänge die nachts

in den strassen von santiago de compostella
die uhrzeit schlugen
klangbilder eingeklebt im album
des nichtvergessens
doch beginnen wir beim grundton
erdig samtig kehlig
im nachhall mit einem unterton von skepsis
das ganze geht im rauschen
oder im rausch unter
jedoch hin und wieder
taucht paradiesischer wohlklang
aus den unendlichen weiten
des weltalls auf
der dirigent ist der
der wo wann sagt
es ist genug
dann ist genug

licht und dunkelheit

es ist besser
ein einziges kleines Licht anzuzünden
als die dunkelheit zu verfluchen
sagte konfuzius
spiegelneuronen wiegten sich
im wind des sonnensturmes
während staatlich geprüfte lichtfänger
die strahlkraft von taschenlampen
rückwärts rechneten
kandelaber bohrten sich in die dunkelheit
bis diese nur noch
mit sonnenbrillen standhalten konnte
als oberste regel gilt
sich nie auf ein licht verlassen
sondern immer schön zwielichtig bleiben
mit heiligem chrisamöl gesalbte worte
verließen geschmeidig den mund
windschief stand ich
schmerzensreich der blick

zwei engel kamen
im sturzflug auf mich zu
ich griff mir ihre beine
und erhob mich mit ihnen ins licht
wir überflogen den antifaschistischen schutzwall
jedoch unterhalb der radarerkennung
bei absturz konnte ich wählen zwischen
stümperhaft schleierhaft oder zuchthaus
mit dem strohhalm wurden
lichtpartikel angesaugt und
in einer silbernen dose gesammelt
zum concerto crosso der grillen und kröten
gaben lampions ihr lebenslicht
gedankenspäne schälten sich aus der hirnmasse
und erblickten das licht der welt
flackernde verlichterungen
und andere spiralnebel
getragen von cool jazz und sonnenbrille
treten wir die transzendenz in die tonne
und kümmern uns um das machbare
irrlichter ließen schiffe

auf grund laufen
und wurden dann
von den armen ausgeraubt
dunkle materie lenkt lichtstrahlen ab
und lässt ihre herkunft im dunkeln
lichtertänze auf der wasseroberfläche
verweicherten die konturen
angeklagt wegen lichtverschmutzung
und gefesselt mit lichterketten
das lichtgericht verurteilte die düsternis
wegen verdunkelungsgefahr
auf wen sollte der mond strahlen
wenn nicht auf mich lichtgestalt
nebelkerzenzünder und armleuchter
siegreich seien meine fäuste
gegen lichtscheue subjekte

monochromer gruß

zu kurz belichtete blender

drehen an ihren objektiven

mit dem belichtungsmesser bedroht

trägt jeder sein malteserkreuz

eine gefundene scheibe

aus der steinzeit

mit rätselhaften zeichen

die erst durch drehung

ihr geheimnis preisgibt

die verspulten filmrollen

celophanierten in der hitze

filmriss herr zelluloid

dunkelheit erschafft grobes korn

verzeihen sie mir die hohen isowerte

die an uns vorbeirauschen

verwischt verwaschen verwunschen

verschiedene pixeldienste

versuchten die wogen zu glätten

rauschhafte unterdrückung

von drückebergern und groben klötzen
zu lange belichten hilft
nicht immer
pano mit rama beschmiert
verfugt den horizont
die nachbearbeiteten gesichter
grinsen einen achter
im selfiemodus
er flegelt die verdroschenen bilder
bis sie hilflos um die augen irren
fiegraotof fiegraotof
bildpunkte werden so lange verrechnet
bis sie meinen vorstellungen entsprechen
kommt ein bildpunkt geflogen
setzt sich nieder auf mein fuß
bringt von der mutter
einen monochromen gruß
blow up your images
blow up your mind
think big
mattscheiben auf touchscreens serviert

auf dem display seh ich ihre bulbs und sie
stöckelt auf histogrammatischen
blitzschuhen umher
zweiter verschlussvorhang
mit spitzlichter schattenwarnung
bildauflösungen
bei denen die pixel zu boden fallen

cars I

mit räderschlagenden pfau acht motoren

gummi geben

ausbrechende hecks verschluckten sich

an ihren benzinpumpen

burnouts drifteten durch die serpentinen

bis sie mir ihre achsschenkel öffnete

die zentralverriegelung klackte

und kein wort kam mehr aus meinem mund

und selbst die freisprecheinrichtung

konnte mir jetzt nicht mehr helfen

er schraubte an der geschwindigkeitsregelanlage

dann knallten die airbags

den flight recorder

fand man erst sehr viel später

in seine allradgedanken mischte sich

das crisam öl des ersten

automatik getriebe ölwechsels

gefangen hinter der dunkel getönten

wärmeschutzverglasung

eine powerslideische annäherung
an die ausläufer des nutzlosen
glühkerzen takteten den unerreichten
amerikanischen blubbersound
haare stellten sich
auf der gänsehaut der unterarme
wer könnte sich hier noch beherrschen
und kick down
die versehentliche betätigung
des roten push buttons am armaturenbrett
verwandelte sein transformer auto
jetzt konnte man
auf den kurbelwellen surfen
in die mit wodka gefüllten reservetanks
wurden einige zündpatronen geworfen
das reinigt die zylinder
im radio fuhr der dj
auf seinen vinylplatten schlittschuh
und schräge töne
brachten das fahrzeug in schieflage
auf den überrollbügeln hingen

einige scharf gebügelte anzüge
die mit den clay models
dem crash entgegentanzten
mit goldketten behangene dummies
trieben ihre seifenkisten
ins schleudertrauma
sonnenbrille
haare auf der brust
cowboystiefel
und 400 ps unterm arsch
transformer auto mit memoryeffekt
alles zurück auf zero
die reifen radierten
und schrieben arabische schriftzeichen
in den asphalt
tasarie surea acceleratio
celeritas acceleration speed

cars II

ein alter chevrolet der mich
auf seinen achsen des bösen
ins gebirge fuhr
die kurven wurden unverschämt
und verloren jeglichen respekt
die airbags pfiffen lapal oma
aus dem letzten loch
ich schleuderte dein trauma in die hecke
das auf den bauch tätowierte tachoblatt
hob sich bei jedem atemzug
der bewegungsmelder schaltete sich ein
faltautos die man
in den eigenen kofferraum packen konnte
ich montierte mein staunen in die motoren
und begrünte die motorhaube
mit einem kurzhaarschnitt
in schnellen autos durchjagte ich mein leben
durch die brennenden reifen
der freien liebe sprang ich

es leckten die feuerzungen
am hölzernen pfahl
in rotomontaden tanzte ich
den spinnentanz um die eigene achse
die durchdrehenden reifen
radierten finis in den asphalt
mit kompressorpumpen
wurde das adrenalinhaltige blut
durch die adern gedrückt
das gedrehe und getorkele der erde
sollte ein ende haben
in einem weltkugellager
sollte sie stabilität finden
ein automobil an dem
silbrig grüne fransen wehten
untertriebige boliden
übersteuerten untersetzte piloten
könnte ich mich doch selbst überholen
und vor mir im ziel sein
zündkerzen die ihrer eigenen
bestimmung entgegensprangen

gebetete schaltkränze
übersetzten den toten winkel
bei jedem schaltvorgang
untertourig übertourig
einfach zu schnell
heckausbrecher schädelbrecher
airbag zu schwach
am ende der schilderleichen
war die fahrt kaputt
und wir zündeten
eine diskussionskerze an

sprechblasen auf asphalt

driving on centerline

crash bang zong

push button for maximum speed

quietsch pfeif gummi

hitzeflimmern über dem asphalt

arrrgh ächz stöhn

wer bremst verliert

grins rülps ratter

auf glühenden reifen overboost

schnief schleif würg

zwei fahrspuren verengen sich zu einer

kreisch gafer sapper

nur einer kann gewinnen

knirsch schlinger blubber

wieviele lebenskilometer noch

schnupper schleuder harr

die motoren klingen

schredder scharr grunz

wie vertonte phantomschmerzen

wow

vor dem sieg der kolbenfresser

schwitz

die fahrer drehen am rad

keuch

zwischen funkenregen und gluthülsen

glong zisch

hören wir ihr irres lachen

hi hi hi zadong uaah

im blendraketenbeschuss

sirr sirr

für ein paar nebelmünzen

krach blong

geben sie ihr leben

testsieger

galoppiere ich nicht
die meiste zeit meines lebens
über die gedanken
meiner glückseligkeit
abstau bär haus staub milbe
apfel und staub korn
saug staub er
in diesem stil
moggerte er vor sich hin
bis es ihn schuggerte
und er konglomerierte
dass er die meiste zeit seines lebens
den verhuschten gedanken
nachtrauerte
die ihm die klare sicht verhagelten
bis ihm ein car funkelte
dann forkte er die
schleimschlabbernden geister hinweg
und tranquilierte sich rein pflanzlich

mit hopfen gebräu
die confirm ahnten
stellten ihre geschenkten uhren auf zero
eine feile mit eingeschlagenen
chinesischen buchstaben
die beim feilen einen jammernden
wortlaut von sich gaben
einmal über babbelfish laufen lassen
ergab es schon fast einen sinn
überwindungskrampfgestalten
verkrachbieselten
die zum ziel gesetzte
gerade ackerfurche
oder anders ausgedrückt
mit ihnen konnte man keine
gerade furche zackern
von jetzt an will ich nur noch
testsieger worte verwenden
worte die schwerstarbeit
verrichten müssen
um im hirn etwas auszulösen

ich bau mir ein haus

aus deinen worten

zieh sie in die länge bei bedarf

mische sie in der mörtelmischmaschine

bis ihr klang mich erfreut

und ihr sinn mich verwirrt

wörterwanzen wateten waidgerecht

auf wummeligen wiesen

husteten hektisch aus heiseren hälsen

spülten spiegelnde spucknäpfe nach sparta

??????????????????????????????????????

literarischer jazz

es erinnert mich irgendwie an

es klingt doch so ähnlich wie

das hab ich doch schon mal gehört

satzcollagen

unter der leitung
des lyrischen patriarchen
werden hier unsere
sprachlichen übereinkünfte
vorübergehend außer kraft gesetzt
bis zu den fernsten horizonten
trägt der wind den duft seines ruhmes
in bester erklärerlaune
startet er seine ohrenbläserei
höre zu und lerne
völker der welt wacht auf
jeder unsinn ist machbar
in seiner einsamkeit
zapfte er sich selbst blut ab
und ernannte sich
zum blutsbruder
einen eimer gedankensplitter
in den laufenden ventilator schütten
unter dem sprachschutt finden sich perlen

die die taucher im gedankenmeer
an die oberfläche bringen
alle treffen sich zum zwanglosen wörtersex
bodendecker und doppeldecker
paaren sich ungeschlechtlich
als das flugzeug landet
ihre eingefrorenen tränen
reihe ich zu einer halskette auf
ich öffne die pfingstrosenlaterne
denn sie steht vor dem licht erguss
alle verdunkelungsgedanken
sollten wir jetzt beiseite legen
im inneren der knochenkapelle
sind in decke und wände
totenköpfe und knochen eingemauert
am eingang steht folgendes
halte hier und gedenke
dass auch du diesen zustand erreichen wirst
in einem halboffenen schädel
haben vögel ein nest gebaut
und ziehen ihre jungen groß

schlitterschlatter

lichtgebrochene papierkonstruktionen
nehmen abschied vom hörensagen
behängen sich mit sprachlametta
ihre hellhörigen quellvokale
führen zu schlitterschlatter
stundenlang diskutieren sie
die semantik ihrer
hohlraumversiegelten gedankenkammern
deklinieren ihre wörter
im flüsterfeldfanal
auratisierte satzgerippe
erweisen sich dankbeflissen
als gaumenkitzler
in ihrer tradierten redeerfahrung
bespeicheln sie im strophenbataillon
das textgewitter
schlagen wir also eine sichtachse
ins dickicht des redeflusses
bringen seine sprechblasentiraden

aus der spur

stinkestolz erleben wir
die kitzelfreude der provokation
im lachfaltenorchester
möchte ich dirigent sein
das gesicht in honorige
weihefalten gelegt
auf dem haupt die schaumkrone
der lieblingsbiersorte
an der mündung des flusses
versucht die strömung vergeblich
das blatt zu wenden
wir reden alles was redbar ist
und schielen trotzdem nach dem unsagbaren

grenzgänger

mit der narrenkappe auf dem kopf
vollführte er ungelenke bocksprünge
auf der augenweide
zu den klängen
der fordernden galgenharfe
ab und an wurde ihm die stirn
mit rosenwasser gekühlt
die augen verbunden als schutz
vor dem aufdringlichen licht
vor den inneren trugbildern
konnte ihn die augenbinde jedoch nicht retten
ein ganzes universum vergeigter
fortsetzungen innerer klangmoleküle
gedengelte halluzinationen
entfuhren aus dem kandelabrium
ins universum

die restlichen gedanken wurden

drei käse hoch gestapelt

es waren bilder

an denen irgendwas nicht stimmte
manchmal erschienen sie bedrohlich
manchmal freundlich
sie kippten je nach wimpernschlag
bilder mit einem verborgenen betrug
die kabine auf dem kreuzfahrtschiff
war genauso eingerichtet
wie das wohnzimmer zu hause
wie konnten sie das in der kurzen zeit
nur hinbekommen haben
die innere geisterbahnfahrt
wollte nicht aufhören
jetzt war man so lange mit den
vorhandenen 27 buchstaben ausgekommen
warum musste man jetzt
noch zusätzliche erfinden
manche geheimbotschaften konnte man
erst mit erhöhter abspielgeschwindigkeit
der kassette verstehen
in gummiparagrafen gefangene zwangsjacken
rüttelten sich aus der umklammerung

erinnerungsfetzen die sich an wörtern
und klängen entlanghangelten
in zerstreuungskreisen abgebremst
und über engstellen beschleunigt
es regnete bindfäden mit denen man
wunderbare wasserteppiche weben konnte
auf diesen fliegenden teppichen
konnte man feuerstürme besiegen
ein bunt geknüpfter emotionsteppich
wurde von professionellen klageweibern
über den marktplatz getragen

schreibereich

mein schreibereich
ist nicht von dieser welt
ich trete aus den
erinnerungswolken heraus
widerstehe den anlichterungen
der kurzatmigen verteidigung
lege den tag in falten
während die unwörter des jahres
weiter ihr unwesen treiben
setze das räderwerk
einer sprachmaschine in gang
die mutierende vokale
und hohle verben
bis zur gefühlskreuzung verfolgt
und selbst das nichtvorhandensein
eines lautes sagt mehr
als all die freigestellten gestaltwandler
mit ihrem geschlinge und gesalbadere
ein erzwungener zusammenhalt mittels

schraubzwingen und panzerklebstoffen
vom buchstaben zur silbe zum wort
und dann zum satz
gib mir worte die stark genug sind
ein haus darauf zu bauen
vernetzt verwoben
verspreißelt und verstrunkt
ein wörterhaus das orkan
und blitz standhält
die aus wundertüten
entweichenden sprachfossilien
bewegen sich auf einer abwärtsspirale
ohne gültigen fahrschein
und laden neue worttiraden
aus dem patronengurt
wir werden vom atem der drachen
durch die luft geschleudert
links und rechts des weges
glosende feuerwurzeln
achterbahngefühle wenn ich die sätze
gegen das licht halte

als kapitän eines surfbrettes
auf der kippenden welle reiten
aus der wörterbahn geworfen
suche ich eine mitfahrgelegenheit
in einen schwebenden zustand
in dem die gedanken
purzelbäume schlagen
und die hemmungen
noch an der garderobe hängen
schiffschaukelbremser holen mich
auf den boden zurück
zum schluss
bin ich besoffen
von meinen eigenen worten

eisenherz

ritterscharen eisenbewährt

vom rost zerfressen

in ihren wohlvernieteten eisenherzen

haben worteschmiede die archive

der verworfenen gedanken eingesperrt

die ewig zweiten die nie zum zug kamen

ihnen hatte der schwung

einer schaufel gefehlt

der sie hinaufbeförderte

ins reich der unsterblichkeit

dies ist die geschichte

eines beschwerlichen weges

barfuß auf nagelbrettern

in voller rüstung

das gesabble gebrabble

von schachtelwörtern im ohr

weiter im geklapper

der sich kreuzenden klingen

fällt die entscheidung

um das richtige wort
der kirschrote stahl
wurde mit wimpernschlägen
zu einer rose geschmiedet
und ans revers eines
stichdichten kettenhemdes geheftet
es ist die rede von menschen
die im übermaß ohne metermaß
auf das versmaß pfeifen
wer sprach das erste wort
und wer antwortete darauf
am lagerfeuer vorgewärmte worte
die in die kälte der nacht
entlassen wurden
entlang der leuchtenden pfade
tastete sich prophetengemurmel
ihre schwerter gehärtet
im urin der besten männer
geschliffen mit splitterigem korund
baute einer aus hundert buchstabenwörtern
riesige kartenhäuser

die kurz vor der vollendung zusammenfielen
muschickerten im strahlenkranze
der erleuchtung
bergeweise wortknäuel
und entfernt klingender kauderwelsch
die ein schönschreiber
mit weißer kreide
auf schwarzem schiefer festhielt
im vertrauen auf unsere eisenherzen
ziehn wir in die schlacht
begleitet von trommeln und fanfaren
und gesungenen satzbauweisen
im geschepper der helme und pfannen
im gedränge der worte und werke

1000 nächte und mehr

auf einem kelim schwebend
kam sie näher
ihre gebogenen wimpern
trafen mich wie dolche
den duft von moschus
und ambra verströmend
reife granatäpfel im gepäck
war sie bereit ihre ohren
ins meer meiner weisheit zu tauchen
wo bist du o gazelle meiner seele
wer sollte dich finden
wenn ich mich verliere
siegreich seien meine fäuste
den schmiedehämmern gleich
in ihrem blut sollen unsere feinde
nachhause schwimmen
ihre gewänder vor wut zerreißen
das glück eile deinen wünschen voraus
dein herz sei gebettet auf rosenblüten

den pfauenthron im blick
die stolzen schwäne ertranken im glück
da falke und rebhuhn freunde wurden
am ende schmolz ihr widerstand
und sie trocknete den tau von ihrem herzen
aus dem brunnen floss kühlendes rosenwasser
in ihrem schwarzen haar verfing sich mein blick
während ich mit meiner hoffnung gurgelte
der klang der harfen
schlug flammen selbst aus leichen
als sie verschwand
kannte die trauer keine grenzen
wie lange trieb das schiff jetzt noch
im strom der tränen
die gebrochenen schatten der matrosen
zitterten über deck
leere blicke lagerten in aschfahler haut
und versuchten durch sirup zu schwimmen
jasmin übergab dem karawanenführer
den brief der niemals ankommen sollte
im abstand eines schrittes

hatte die nacht negroide menschen aufgestellt

jeden lichtschein mit knüppeln zu wehren

im kälteofen wurden eisige schwerter geschmiedet

die nach der tat schmolzen

und keine spuren hinterließen

kopf in der hand

der liebe zu fuß
fiel ich mir aus der hand
sagte nizami
es stand ein wort gern kopf
dabei suppe zu essen blieb schwierig
in gewissen situationen
gehst du komplett aus dem kopf heraus
eines tages stand ich neben mir
den kopf in der hand
wirf nicht den ball
auf das spielfeld des mißgeschicks
sondern deinen zuckerhut
in den ring des feuers
am ende wars feuerzangenbowle
viele kaputtnicks kamen
und haben stundenlang in schnaps gebadet
einer hat aus versehen
seine schnapsfahne angezündet
übrig blieb ein sack katzenjammer

sätze wie in stein gemeißelt
noch bevor sie ausgesprochen waren
folget mir
ich will euch zu menschenfischern machen
im beifang hatten sie ichverseuchte typen
die vom löwen nur den fußpilz geerbt hatten
dies alles führte zu den
bekannten verhornbibelungen
eine schüssel ochsenblut gab mir stärke
und ließ mich den phantomschmerz vergessen
auf einem schlangenteppich sitzend
flog ich durch farbexplosionen
alles durfte ungefiltert eintreten
der zensor hatte urlaub
vorbei an zu tal stürzenden wortkaskaden
die nur geordnet werden müssten
irgendein verquerer strunz
bekam die flickschustermedaille
weil er es probierte
als fatamorganen getarnte paläste
schwebten flirrend verwirrend

mit glasigem glanz

über dem heißen wüstensand

all die eingebleuten lehren verbote regeln

versickerten am straßenrand

klangschalenverkäuferinnen kredenzten

ihre schlichten esoterischen reize

die spiegelungen der trugbilder

an der wasseroberfläche

verschwanden mit zunehmden wellen

wer flößt dem hackbraten meiner sätze sinn ein

die buchstaben tragen die last der verantwortung

auf dürren beinen

mammon

kein roter ratz im portemonnaie
jedoch ein diamant
im tintenfaß versteckt
bei den banken riss der geldstrom ab
und wurde mit der mühsal
der leidenden geflickt
er hatte für andere
die heiligenscheine poliert
und war mit katzengold
abgespeist worden
gesucht wurden alchemisten
die scheiße in gold verwandeln
in der sierra madre
wurde der gesammelte goldstaub
vom wind verweht
es lag der diridari
im liegestuhl unterm rettungsschirm
in der badewanne ließ er sich
die golddukaten übers haupt prasseln

blutdiamanten ritzten dollarzeichen
in das glas der teuren rolexuhren
luftgitarrespieler begleiteten die luftnummern
des kaisers ohne seine neuen kleider
umgeschulte kesselflicker scherenschleifer
und bärenführer
rechneten auf ihren laptops
schwindelerregende gewinne vor
und versuchten ihre hochglanzanlagen
an die noch dümmeren zu verkaufen
die meister der wohlrednerei
sind sehr erfolgreich
denn die gier der kunden
frisst ihr gehirn
hedgefonds umkreisten die kaimaninseln
und warfen säckeweise geld ab
schattenblitze gingen hernieder
trafen aber immer nur die falschen
denn in zukunft werden alle
für die rettung der banken bluten müssen
in den kellern der banken

lagern schrottpapiere
die nur mit dem guthaben der bürger
von jauche in wein
verwandelt werden können
systemisch relevante banken
haben narrenfreiheit
verluste werden sozialisiert
gewinne werden privatisiert
selbst die unken
können mit ihren verdunkeldeutungen
nicht so schlecht denken
wie die welt ist
der für gerechtigkeit sorgende gott
ist eine illusion

billy graham

tachonadeln stachen
mit vollgas in die nacht
nur ab und zu wetterleuchteten
liliputelektrizitäten im finstermannsland
billy graham das maschinengewehr gottes
rappte im autoradio
es wanden sich bucklige gedanken
aus verklemmten gehirnwindungen
gott kann ein viereckiges dreieck erschaffen
gott kann einen stein schaffen der so schwer ist
dass er ihn nicht aufzuheben vermag
gott ist allmächtig
der mensch ist ein sünder
der mensch ist das ebenbild gottes
gott hat sich einen widersacher geschaffen
warum eigentlich
er jonglierte ein gerüttelt maß
an steilen themen
ein verblödungseinpeitscher

im halbidiotengenre
hatte sich in rage geredet
sich an seinen worten ergötzt
geflügelte worte überquerten
die jammertalsperre
punkt punkt komma strich
fertig ist der schwurbelix
bitte noch mehr unsinn in noch
weniger buchstaben unterbringen
mit geweihtem nebel umrankte
er die gelächtergirlanden
hier sackermentierte er
wirrhaarigen quantenschaum
ein schwarzes schaf namens george w. bush
hatte er von der trunksucht geheilt
abtreibung stammzellenforschung
unzucht sterbehilfe pornografie
der satan lauert überall
die prämonstratenser kamen
aus dem masturbatorium
wo sie schwindillionen ihrer

schnurrpfeifereien gelindwurmt haben
mit haderipump und blenderschmalz
verdienten sie ihr geld
sogleich umwehte mich gelehrter wind
der in der zimmerecke
worthalden aufhäufte
lot trieb seiner frau sarah
die schrägen gedanken aus
warum hindert gott den teufel nicht
die menschen zu verführen

endlostrailer

auf einer doppelläufigen wendeltreppe
bin ich ihr nah
kann sie aber trotzdem nicht erreichen
ein endlostrailer mit andeutungen
von andeutungen
wenn es ernst wird dann zurück auf anfang
die schallplatte hängt
und mitten im heiratsantrag
fängt er zu stottern an
dem schüchternen schießt das blut
ins gesicht und sonstwohin
ein malteserkreuzgetriebe
transportiert mich in die filmbilder
mit denen ich im drucklosen umlauf
entspannt dahintreibe
und immer wieder
an der gleichen stelle vorbeikomme
gedanken schweben in seifenblasen herbei
und ich in der hoffnung

sie noch ernten zu können
manchmal laufe ich
neben meinem lebensfilm her
versuche die schlimmsten
katastrophen wegzuzappen
das licht der schattenkrieger
leuchtet bis nach dunkeldeutschland
jeder erzählt sich so lange märchen
bis er sie glaubt
zum beispiel das märchen
von den drei glasnegativen
drei geschwister erhalten je ein glasnegativ
jedes für sich betrachtet
völlig uninteressant
übereinandergelegt jedoch
die sandwichsensation
die schnappatmung der schattenforellen
erzeugt makellose dellen
schattenmorellen arbeiten inkognito
an der illusion von wasserwellen
im rathaus wird john porno

mit einem herzlichen buon giorno
zum thema hausrat begrüßt
voodoowaber und wortzauber
suchen angestrengt nach dem zauberwort
rätselhafte regieanweisungen
bringen meine verhirnströmungen zum kochen
die kunst besteht darin
aus der unentrinnbaren dramaturgie
des sich drehenden hammerwerfers auszubrechen
das heißt den hammer abzulegen
und selber wegzufliegen
die ratte schwimmt im trüben wasser
der zinkwanne
an den senkrechten glatten seitenwänden
hat sie keine chance herauszukommen
irgendwo knapp unter der wasseroberfläche
befindet sich eine insel
auf der sie sich ausruhen könnte
wird sie die insel finden
eigentlich chancenlos
aber wer denkt schon ans aufgeben

traumgebilde

manches wort
ankerte in einem lächeln
manches lächeln
rauchte sich selbst in der pfeife
ich sah wie mein flüssiger körper
zwischen den gitterstäben
der zelle herauslief
ich war an einem
toten punkt angekommen
und versuchte diesen
zum leben zu erwecken
ich kaufte mir träume in dosen
die meilensteine meines lebens
verband ich mit absperrbändern
und es ergab sich das bild
des großen wagens
der mir im traum
mit seinen sieben sternen
in den vorgarten gefallen ist

am fuße der datenberge
poröser träume
schlug ich aus verzweiflung
ein riesenrad
als zwergenradbezwinger
ich möchte mich selbst überleben
für ein nahes ende
war es schon viel zu spät
meine flucht
in das trügerische auge des hurrikans
verschaffte mir nur kurzzeitig ruhe
ich traf dort windhosenzüchter die sich
um ihre senkrechten drehachsen prügelten
durch traumgebilde navigierend
betrat ich das mausoleum
der überschätzten wörter
jeden tag wurde ihr eingeölter kadaver
mit goldstaub angeblasen
doch es nutze nichts
es fehlte ihnen
die innere strahlkraft

den sprechenden papieren

fehlten die worte

als letzten versuch

nahm ich pfeil und bogen

der pfeil war flötenartig ausgehölt

und zog mit einem durchdringend

pfeifenden singenden ton

hilferufend seine bahn

gefrierbrand

nach diesen angebrannten firlefanzereien
warten surfer an der haltestelle
auf die dauerwelle
das ampelmännchen steigt aus seiner
beleuchteten behausung herab
und schlägt dem
hupenden autofahrer aufs maul
bucklige brunnenputzer warten
unter dem baldachin
ihrer blasierten gedanken
auf blümerante zwiebeltürmchen
die sie mit ihren brillenputztüchern
polieren können
im nebensatz wischt er sich
den gefrierbrand von der hose
buchstabengetreu werden die gesetze angewandt
durch erweiterte verhörmethoden
blieb den delinquenten
das geschwätz des augenblicks

im halse stecken

jeden tag sitze ich eine halbe stunde

auf der sich drehenden töpferscheibe

um die peripherie meines gehirns

besser zu durchbluten

falco konnte irgendwann nur nach

einer ozonbehandlung die bühne betreten

bücherwürmer fraßen sich durch meine bücher

so dass ich die wichtigen worte nicht lesen konnte

katzengleich schlich der aberwitz vorbei

an individualitätszusammenrottungshöllen

unbeirrt hielten sie weiter an ihren

fernmündlichen kussversuchen fest

für jede sünde eine kerze anzünden

alles ist wieder gut

erzbischof viganò der kumpan von papst franziskus

warnt vor impfstoffen

zu deren herstellung material von

abgetriebenen föten verwendet wurden

wenn gott die welt besser geschaffen hätte

müßte es nicht so viele bittgebete geben

karl may I

zitate aus büchern von karl may neu arrangiert

die sonne scheint doch ich sehe

wolken auf deinem gesicht

sprach winnetou

old shatterhand putzte seinen henrystutzen

und stellte ihn dann neben die silberbüchse

dann stiegen sie auf ihren felsvorsprung

schauten stundenlang in die weite

die hand über der stirn

die sonne abschirmend

winnetous feder kreiselte

vom wind angetrieben auf seinem kopf

er war einer der letzten der die hohe kunst

des rückwärtsanschleichens

auf allen vieren beherrschte

und mit dem pinsel im mund

die spuren verwischte

uff uff uff

juckl fred - hobel frank und dick hammerdull
die treuen begleiter
schieben den lauf ihrer büchsen durchs gebüsch
old shatterhand erkennt eicheln
wo andere schon lange nichts mehr sehen
und holt sie mit dem bärentöter herunter
winnetou und old shatterhand reiten hintereinander
in den efeubehangenen felsspalt
er hat immer seinen hahnen gespannt
und pulver auf seiner pfanne
erst wird bis zum schweißausbruch gekämpft
dann ein feindlicher indianer umgelegt
winnetou der gerade aus seinem
wolkenwigwam kommt spricht die folgenden worte
mein bruder shatterhand kommt
wie der tau in den kelch der dürstenden blume
dann sitzen sie am lagerfeuer
essen gebratene bärentatzen
erneuern ihre blutsbrüderschaft
old shatterhand der berühmteste aller westmänner
dessen kugel das ziel nie verfehlt

karl may II

zitate aus büchern von karl may neu arrangiert

halef ben penis ibn phallus
und seine frau hanneh
das hellste licht
unter allen leuchten des männerglücks
öfter musste er sich von ihr
die frage gefallen lassen
ist deine milch dick und fett
oder sind deine datteln wurmstichig
dabei war er doch
hadschi halef omar ben hadschi abul abbas
ibn hadschi dawud al gossarah
freund und diener von kara ben nimm sie effendi
mir scheint die sonne
denn du hattest genug tinte zu schreiben
und mir ein sprechendes papier zu senden
auf den rücken unseres feindes
haben die geier mit ihren schnäbeln

bereits das wort verräter tätowiert
ich bin die hand des padischah
welche sich ausstreckt
um das buch seiner taten aufzuschlagen
er hatte sich in seine fehler verliebt
die zu löwen heranwuchsen
um ihn zu zerreißen
er hatte gedacht
dass wir zum sattel geworden sind
auf dem sein hohn spazierenreiten kann
als ich ihm den namen meines freundes
kara ben nemsi nannte
krachte ihm der mut in allen fugen
er wollte noch die tür
seines ungewaschenen flatterigen mundes öffnen
da zog ich ihm
mit der nilpferdpeitsche eins übers gesicht
unser erdenleben ist ein knochen
von dem das schicksal
schon das fleisch heruntergegessen hat
das meer der trübsal umwogte mich

und die fluten der sorgen

gingen mir bis an die lippen

immer wenn kara ben nemsi die hand

zwischen die ohren seines rappen ben rih legte

vollbrachte dieser ein wunder

an schnelligkeit kraft und ausdauer

zwei reiter nahmen den verräter in ihre mitte

und jagten im gestreckten galopp

links und rechts an einen baum vorbei

der verräter in der mitte

überlebte den aufprall nicht

jetzt war wieder friede

freude überall hamdulillah

dornenschrift

hab meine feder
wieder in blut getaucht
um die welt in worte zu fassen
den leergefegten raum
zwischen zwei gedanken zu vertreiben
auf der flucht vor ohrwürmern
balanciere ich die worte
auf einer rasierklinge
durchwühle die buchstabenregale
in denen die as und os
und schrägen striche lagern
auf der suche nach einer
halbwegs unzerstörten spur
in dieser letternwirtschaft
über der nach oben offenen regentonne
beobachte ich den mückentanz
der von seinem eigenen schatten
angestachelt wird
beleuchtet vom fadenschein

der mit der trinität des unbehagens fremdelt
dornenschrift in roter farbe
die schmerzensreich um den faden ringt
nur sehr wenige haben je das ende
meiner geschichten gehört
sie werden zum schluss hin
immer langsamer
und trotzdem rieche ich kein ende
am eingang des tunnels
slow motion bis zur schmerzgrenze
auf der sprechstatt krümmt sich der buchrücken
jeden tag schau ich mich im spiegel an
und warte darauf
wer als erster lachen muß

om das amen der hindus

om heiligste aller heiligen silben
die gebetsmühlen werden
im hirn angetrieben
ich bin ganz in meiner mitte
schlafe in einer klangschale
die ab und zu mit einem klöppel
in schwingung versetzt wird
o du kleinod in der lotosblüte
wieviel mitgefühl hast du für alle wesen
durch ständige wiederholung der mantras
fallen sie in hypnose
und ihre meister geben ihnen befehle
direkt ins unterbewusstsein
jeder bekommt
sein persönliches mantra vom guru
diese formel muss geheim gehalten werden
und soll der schatz des gläubigen sein
die aufgeschriebenen mantras
gab es dann als mittagessen

fleisch zu essen wird oft abgelehnt
und wenn dann lieber
ein großes tier töten
als mehrere kleine
mani die perlenähnliche saat
leuchtet in der dunkelheit
aus dem sanskrit leuchten noch
einige wörter bis zu uns
arier ashram avatar bhagwan
chakra guru dschungel lack
ingwer orange kajal karma
mandala mantra moschus
nirwana swastika tantra yoga
an den tempeln
in holz geschnitzte geschlechtsakte
und kastrationen mit der kneifzange
menschen die in großen bottichen
gekocht werden
und gram umflorte seinen blick
gautama sitzt im zentrum
des sich drehenden mandalas

alle die zu ihm wollen
werden von den fliehkräften abgehalten
in der ferne das fahrzeug
mit den tantra-texten
die höheren weihen der betroffenheit
melden sich
mit einem schlag ins gesicht zurück
doch alle selbstvernebelungskünste
helfen nichts
hineingeboren ins brutale kastensystem
möchte jeder dem leidhaften samsarischen
wiedergeburtenkreislauf entfliehen
endlich nichts mehr zu müssen
als staub zerfallend
in alle richtungen verweht zu werden
ins nirwana einzugehen
erloschen bildlos richtungslos
unterscheidungslos

unbewegter beweger

der unbewegte beweger
schaute durch den himmelskragen
auf uns herunter
sein sohn schaffte
die aufnahme in den himmel
mittels eines indischen seiltricks
ich bin nicht wert
seine sandalen zu tragen
zu lange schon habe ich meditiert
der bambus sprießt mir durch die füße
und die vögel nisten in meinem haar
die schwingen der engel
werden aus blumenduft gebildet
engel wohnen in palästen
die aus luft gebaut sind
mit den reinsten gedanken
ist der saum ihrer kleider bestickt
hinter vorhängen aus perlenschnüren
kauern die sündenmelder

neben der seelenwaage

aus dattelklaubern wurden wortklauber

und lasen auf

was von der bibelschrift zu boden fiel

nachdem jesus

über das wasser gelaufen ist

kann uns auch

die klapperschlange erzählen

dass sie nicht giftig ist

in der wollust deiner

frisch geschärften messer

schenke mir die zeit die du mir

aus den rippen geschnitten hast

abgezählt mit dem corona del rosario

dem rosenkranz

welcher rückwärts gewandte wind

hat euch zur abnahme

des antimodernisteneides hergeblasen

lege deine wünsche in meine hand

damit ich sie

auf dem altar des schwachsinns

opfern kann

der papst ist seit 1870 unfehlbar

vom erhabenen zum lächerlichen

ist es nur ein schritt

sagte napoleon

evolution

durch sonnenhitze
in fauligem schlamm ausgebrütet
gewürzt mit einer handvoll blitzen
meteoriteneinschlägen
und vulkanausbrüchen
ich sitze in einer
aus blubbernden schlammtöpfen
aufsteigenden blase
und lese die bauanleitung des lebens
erste lebensformen
waren noch unsterblich
sie sind verlustfrei in die
nächste generation übergegangen
mit beginn von sex gibt es den tod
mitten im satz
zerplatzt die sprechblase
die wörter erkennen sich nicht mehr
scharfkantige wörter
fliegen in weichteile

mimimi für die kleinen verletzungen
und wow für die großen
hingestottert abgehackt
schräpp schräpp schräpp neuverpackt
immer wenn ich nicht weiterwusste
fotografierte ich meine gedächtnislücken
und archivierte sie im fragmentarium
aber es gab auch schleierzarte lichtblicke
sie schenkte mir die gefrorenen eisblumen
ihres atems an der fensterscheibe
ich zeigte ihr meine offene brust
damit sie ihre hand
in meine wunde legen konnte
ich habe mich zwischen
ihren wimpern verlaufen
und bin anschließend einen ganzen
tag im meer der seligkeit getrieben
ganze schiffe versinken im meer
durch aufsteigende gasblasen
die dem schiff den auftrieb rauben
unser baufälliges haus wird von einem

spinnennetz zusammengehalten
ab und zu schaut die spinne
durchs fenster herein
ob wir schon fett genug sind
um gefressen zu werden
ich komme mir vor
wie ein bürgermeisterbraten in schutzfolie
sphärengeblubber aus dem orgelpfeifengrund
dem edlen winkt kein lohn im diesseits
und kein ewiges leben im jenseits
sagt konfuzius

start ins leben

aus den knochen
der verstorbenen genies
wurde genmaterial gewonnen
dieses wurde dann
zusammen mit einem elektrolyten
in behälter eingebracht
mehrere zündkerzen tauchen halb
in die flüssigkeit ein
und über kickstarter
stolpert die anordnung ins leben
es wurden gehirne gezüchtet
und in reihe geschaltet
drumherum stehen
gedankenwächter tugendwächter
und morales apostolares
das denken sollte
in die richtige richtung gehen
gedankenpumpen liefen tag und nacht
zu den größten rechnern der welt

um die letzten rätsel

der menschheit zu lösen

wer hilft mir

aus dem irrgarten der gedanken

um nicht auf dem gehirnschmalz

der überhitzten geister auszurutschen

totentanzturnier

um den hals herumbuchstabierte wörterketten
zu schwer um damit zu schwimmen
zu leicht um damit einen preis zu gewinnen
streuen wir weiterhin das gerücht meines todes
mit glatter bodenhaftung verliert
man schnell die ledersohlen
zwischen sprechblasenschwäche
und totentanzturnier
ufert mein leben
das natterngezücht flüchtete sich
auf wohlklingende begriffsinseln
und lauschte den
weihrauchartigen verlautbarungen
ich sprang vom sprungturm in die nacht
verfehlte sie und es krachte mit macht
zungenbrecher wellenbrecher
nichts ist mehr heil
reiß die ideenkerker ein lass raus was dich hemmt
die graswirrigen wörter

mit klebeetiketten beschriften
und die geheimschriften
mit zitronensaft sichtbar machen
meine gedanken
gefaltet geschachtelt und gehalmt
abgeheftet zur rechten hand gottes
ich schaute in entsicherte revolverläufe
tanz gringo sagten sie
und tritt nicht auf die buchstabenleichen
manchmal war ich mir selbst nicht geheuer
wie ich fehler ins denkmuster
meines blumenkohls sprach
im traum kroch ich in ein kanonenrohr
bis die kugel lunte gerochen hatte
eisen und öl sind dunkel und schwer
ich aber zog mich an dem
schräg einfallenden lichtstrahl empor
bis ich durch mich in mich hinein flöten gehe
der wind strich an den
leeren patronenhülsen vorbei
und spielte windakkorde

unfreier wille

wäre die dunkelheit tinte
und könnte die gedanken
im traum aufschreiben
dann könnten meine ängste besiegt werden
schrecklich ist es bei einem komma aufzuwachen
und nicht zu wissen wie der satz endet
ich bin der eilbote der niemals ans ziel kommt
und deshalb immer
aus dem drehbuch gestrichen wird
wie entkomme ich
der endlosschleife meines denkens
who is the captain of my thoughts
unser gehirn riskiert lieber nicht
uns den freien willen zu überlassen
ich liebe die törichten schnurren
der schweigenden leimsieder
die ihre gedankenspäne herabfallen lassen
jedoch nicht auf fruchtbaren boden
wir tun nicht was wir wollen

sondern wir wollen was wir tun
sagte der prinz
schattenspringer versuchten verzweifelt
über ihren eigenen zu springen
aus der blase der glückseligkeit zog es mich
in einen engen geburtskanal hinein
und das drama nahm seinen lauf
ich hinterließ emotionale fußabdrücke
es gab handlungen
aber keinen handelnden
wie bei maria und josef
wie soll man einen verbrecher verurteilen
wenn er gar nicht anders konnte
das „ich“ ist ein märchen
das das gehirn sich selbst erzählt
gehirnzellen kann man beim denken beobachten
das gehirn arbeitet inkognito
an der illusion des ich
ist der mensch eine marionette seiner grünen feen
der mensch wäre gerne
die krone der schöpfung

ich werde mich aus dem licht
in meinen eigenen schatten hineindrehen
während ich mit den füßen
mein daumenkino antreibe
die potzblitzenden stroboskoplampen
ordneten flimmerstaub
zu bewegten bildern
jemand redete mich mit dem ende eines satzes an
dessen anfang ich verpasst hatte
das gehirn ist der augentäuscher
der die zauberscheiben antreibt
lege dir die schrittsteine
im richtigen abstand
schreibe jeden tag ein paar zeilen
und auf einmal hast du es
schwarz auf weiß wer du bist

aufwachen

ich schwimme in einem unterirdischen fluss
der sich in einer spirale
immer mehr nach innen dreht
gleichzeitig wird es immer dunkler
und der fluss immer enger
zurück kann ich nicht mehr
da mir weitere personen folgen
und die strömung stärker wird
links und rechts hohe glitschige felswände
an dieser stelle möchte man aufwachen
und sich wohlig im bett herumdrehen
hinter mir die ersten angstschreie
wenn ich schon nicht
nach oben aus dem wasser
herausklettern kann
dann gibt es nur noch den weg nach unten
ich hole tief luft und tauche ab
werde von einer
rückwärtsgerichteten strömung erfasst

und mitgerissen

meine neuronenverbände

rebellieren gegen die endlichkeit des lebens

mit aller kraft halte ich mir

mund und nase zu

klangklingende klunkerwelten

verteilen totenscheine an die schweigsamen

an der unsichtbaren grenze

der weihwasserscheide

teilt ein boot die wahrnehmung

vom mängelexemplar mensch

in leben und sterben

in atmen und verkrampfen

der fährmann wie leicht er die särge

hinter seinem boot herzieht

bald überholt mich die geschichte

und ich kann nur noch ihren staub schlucken

an den wäscheleinen

hängen hingestotterte satzfetzen

als letzte nachrichten

an die hinterbliebenen

zum schluss noch so etwas

wie eine beichte

ja ich habe unkeusches gerne getan

in gedanken worten und werken

ich bereue nichts

vielleicht kann ich wenigstens einen schatten

in diesem schattenreich hinterlassen

und jetzt wache ich doch noch

mit angehaltenem atem auf

wegen anhaltender dunkelheit

finde ich den lichtschalter nicht

auf den punkt

nachdem er die geistige höhe
erklommen hatte
warf er die leiter um
nun saß er einsam
auf dem brummkreisel
seiner gedanken
und zückte seinen notizblock
eine gerade kam
aus dem unendlichen
lief ein kleines stückchen
über sein papier
und verschwand dann wieder
im unendlichen
mit dem großen weißen radiergummi
entfernte er alles überflüssige
bis auf den punkt
er badete sein gehirn in nährlösung
lockerte die verkrustungen
machte sich mal ganz locker

zeichnete die welt
in spaßvogelperspektiven
und aß dazu goldene schnittchen
mit tang enten
alle gängigen worthülsen
sollten über bord gehen
am zweifel sah die lüge nur
sich selbst begreifend leben pur
mit seinem kugelkopf
schlug er buchstaben aus dem stein
diese lud er zu einer quad radtour
des greises ein
fadenscheinige andachtshalme
wuchsen auf licht quad raten
statisch überbestimmt
was zu beweisen war
alle gesetze der mechanik passen auf
die rückseite einer briefmarke
flackerige eckpunkte
borderten grenzwertige
schiefhermitesche matrizen aus

das gleichgewichtsprinzip galt nur
noch der trägheit der masse
den cremonaplan zog er wie einen
leatherman aus der hosentasche
impulserhaltungssatz total überholt
es wucherten die blüten
unverblümt vor sich hin
ein maikäfer sitzt auf meiner nase
und ich bin glücklich

zahlen

ich tauche einen finger ins wasser

und sofort erscheint die null

der dual use des küchenmessers

zwischen apfel schälen und menschen abstechen

auch die 3 faltigkeit ist nicht besser als die einfalt

quattro stagione in der mittagspause

ich tauche 5 finger ins wasser

und olympia grüßt mich zurück

sechs ämter fangen an zu tropfen

direkt auf den siebenarmigen leuchter

tritt er ihm einen achter ins hemd

die 8 fällt um und schon kommt

die unendlichkeit ins spiel

die 9 als verdrehter sex

10 finger zum glück noch vorhanden

die 11 ist vorwärts und rückwärts lesbar

die 12 ist ein schock

die 13 wird gerne umgangen

ab 14 gibt es religionsfreiheit

ab 15 ist sex halbwegs legal

die 16 ist 2 hoch 4

17 jahr blondes haar

führerschein mit 18

die 19 ist die natürliche zahl zwischen 18 und 20

die 20 stammt von zweinzig

die 21 steht für erfolg und energie

die 22 ist meisterzahl

sprache und schrift

welches ist die älteste sprache
drei neugeborene knaben wurden
in einem ziegenstall ausgesetzt
um zu hören welche sprache
sie sprechen werden
ziegengemecker waren ihre ersten worte
fest verankert in kinnladen
ist die bewegliche zunge
von ihr geformt der rede kunst
am anfang war das wortspiel
sagte beckett
eingebettet in vierfüßige zauberformeln
kommt es in tyrannenträumen
zu lebenslampenproben
deren in die luft gesprengte
plötzlichkeiten
die weihrauchschwenker
erstarren lässt
ein teekesselpfiff bringt sie

in die wirklichkeit zurück
schriftzeichen so zierlich
wie des vogels tritt im schnee
beschreiben hügelwarzen
die sich aus knotenschnüren abseilen
Ich fühle mich wie ein schreibfehler
in dieser zeit
wortzeichen und silbenschriften
werden durch das phonetische prinzip
ergänzt oder ersetzt
bild der kornähre für das wort ehre
bild von uhr und laubblatt steht für urlaub
mohnpflanze plus d ergibt mond
bei dem turmbau zu babel wurde
die sprachverwirrung erfunden
stolpersteine
bringen buchstabentürme zu fall
glattmäulige gesellen
haben etwas auf dem kerbholz
auf dem calculus räkeln sich
runen ruinös bis zum rand

mit wenigen buchstaben

kann die ganze welt

beschrieben werden

ein stück unsterblichkeit für gedanken

die sonst nur

in straßenkot gebettet wären

und mit all den buchstaben

licht aus der dunkelheit kotzend

erstrahlen texte in schwarzer tinte

auf dem weißen papier

sprachhimmel

der himmel ist in eine gefaltete
dreieinigkeit gehüllt
seine denkfiguren sind in
knickerbockers gekleidet
die mit ihren schlechten gedanken
die himmelspforte verstopfen
von der kanzel sinkt
geleerter schwurbel auf uns herab
die gemeinde wird
mit versprechungen gefüttert
ewiges leben gegen bedingungslosen glauben
zusammengefegte lichtschnipsel
tanzen auf einer wurmstichigen tonspur
ich sehe totenschädel in crisamöl gebettet
und dann fliegt mir das karussell
meiner ängste um die ohren
von ferne hören wir die posaunen
der todesengel im schwingenflug
auf der suche nach den

letztren widerstandsnestern

der sprachsünden

die sie zwischen den zeilen

aufschrecken wollen

die kursiv gebeugten unwörter

laufen um ihr leben

als die ereignisse ins kraut schießen

dennoch möchte ich

an den sprachrändern nach exoten gründeln

unglaublichkeiten

geschredderte bücher
wieder lesbar machen
nachtfahrt der vernunft
aus wortriesen geformte üble afterred
wurde aus einer mundhöhle geboren
unwägbares ist aus einer
handtasche gewachsen
besonders die rückwärts
gelebten lebensabschnitte
eine fahrt in die schwärze
des aberglaubens
jagd auf albinos
die dann ausgeweidet
als medizin verkauft werden
aus der verpfuschten evolution
konnte kein freier wille entstehen
mit schmetterlingsnetzen
werden schatten eingefangen
die das atmen vergessen haben

manchmal

hatte ich schon vor dem frühstück sex

unglaublichkeiten geglaubt

daumenkino traubenlichterloh

frauenschicht im stroh

die erfinder der wohlgesetzten worte

der dezent gewobenen sätze

der brachialen brünstigen

röhrenden aufschreie

und jeden rechtschreibfehler

den sie hier finden

dürfen sie behalten

glanzentleert mit algenbewuchs

auf den augen

bandwurmworte wuchsen

im mutanten stadel

es sammelten sich

die betroffenheitsverwirklicher

und sangen klagende lieder

die gesundheit

war in palmölblätter gewickelt

und konnte mich nicht mehr erreichen

kunfd vonf dem ganfzen krumfgefeiere

ist fihnen derk zufg dakvongekbraufst

sinn erzeugen durch weglassen

zum beispiel den buchstaben f

kund von dem ganzen krumgeeiere

ist ihnen derk zug dakvongekbraust

und weiterhin das kaltschnäuzige k

und von dem ganzen rumgeeiere

ist ihnen der zug davongebraust

grinsekatze

in einer landschaft der
sich ergebenden möglichkeiten
hat er am konsens vorbeigelebt
noch ist das siegel intakt
und er kann seine fleckfiebrigen
sünden in den feierabend atmen
seine gedanken fahren unter
der flagge der grinsekatze
in der kielspur der geisterflotte
mit letzter kraft wuchtelt er
die unterwasserlaterne
gegen die lichthindernisse
als wegweiser für die
nebeläugigen streckenwärter
hinter den wundgelesenen augenringen
findet er unvorhergewünschte lückenwörter
die sich vom unbewussten abschälen
einen blasenwurf entfernt
vom pochen seines hasenherzens

die zunge schlägt
traumbespannt eine brücke
zu den erinnerungslücken
mit blabla als blubberkönig
der die addition des nullpunktes
zur quersumme des unbehagens
festschreibt
hinter all dem unzensierten schriftsalat
kommen sie hervor
die bruchunsicheren zerscherbelten
schriftsatztiger
mehlbestäubt
die leute sprechen rückwärts
zu ihren redseligen rätseln

die silberne karosse

lang und holprig waren die fahrten
in der silbernen karosse
die fahrgäste vertrieben sich die zeit
mit wildem gefummel und gegrabsche
in der sonntagspredigt dagegen
wurde gefordert
auf sand herumzukauen
und sich die eier
mit brennesselsträußen einzureiben
in gedanken sah er sie
wie sie mit ihren hochhackigen schuhen
die treppe herabstieg
am wegesrand standen hexen
in gebückter Haltung
in ihren nackten hinterteilen
steckten brennende kerzen
den weg zu erhellen
die silberne karosse
blieb im dreck stecken

zehn herbeigeholte bauern
sollten sie herausziehen
und schafften es nicht
aus der kutsche heraus
gab er den befehl
den kräftigsten unter ihnen
zu erschießen
um einen anreiz
für die verbleibenden neun
zu schaffen
sich anzustrengen

drachentöter

verdorbene und blutgierige brut
die flammenden wortlefzen
schrunkten und forkten
auf muusigen wieden
aus einer ruine der drache äugelblinzte
siegfried wirbelte mit dem pfiffig Schwert
zu fetzen das schlickrige gedärm
zu bringen grauern
in das alt gemauern
das schwert gehärtet
mit scharfer pisse
herangestaubt kam der
drachentöter im strahlengewand
des lindwurms feueratem
die wimpernhaare ihm verbrannte
doch kaltmundig näherte er sich
im rösselsprung dem ungetüm
mit glück stand er
unter dem hals des drachen

sein herzelein es schlotterte und mockerte
sprang hoch und hackte
mit seiner meuchlings kettenhand
dem bösartig unhold die rübe ab
der held vom blut geduscht
schnorkelte heimwärts
in adrenalines rausch
er humpelgrackte und schlingersalbte
und schlufzte das gras
zu hause schaute sie ihn mit großen augen an
schönste aller schönen
sollte es diesmal eine belohnung geben
und schon kam sie angelustert
mit glassierenden augen
bekleidet nur mit silbernen nixchen
ihr das vögelchen zu tirilieren
war sein begehr
den lichtspeer in bereitschaft
um über sie her zu phallen
gurrte in seiner gier sie zu packen
an ihrer sündigen taille

schiffbruch

eine geisterflotte aus papierschiffen
segelt auf den blutlachen der kriege
begleitet von laternenfischen
die dunkelheit spült uns
sperrige gedanken vor den bug
ich tauche die feder
in meine blutige wunde
und schreibe letzte sätze ins logbuch
die buchstaben in langen ketten
halten anker und schiff zusammen
der kapitän kommt an deck
und sofort nehmen die sätze haltung an
wir nehmen kurs
auf die wortschatzinsel
und verstecken dort 37000 worte
der papagei wird getötet
damit er das versteck nicht ausplaudert
17 mann auf des toten mannes kiste
früher konnten sich schlachtenbummler

an schriftbändern entlanghangeln
heute singen matrosen
ihre angst in die planken
ho ho ho und die buddel voll rum
mit achsendrall und schmurgelfett
wird im sturmgetöse
der mast gekappt
trotzdem aufs riff gelaufen
holz splittert und kracht
es ist nacht
zu wenige rettungsboote
für die vielen matrosen
wer das kürzere streichholz zieht
muß an bord bleiben
die schiffbrüchigen die glück hatten
sitzen jetzt im rettungsboot
long john silver spaltet späne
von seinem holzbein ab
um das ärmlich rettende signalfeuer
am leben zu halten
das wasser eiskalt

das rettungsboot ist voll

bei starkem seegang

jetzt kommen noch einige

auf das boot zugeschwommen

tötet sie alle sagt long john silver

gott wird die seinen schon erkennen

paradiesgärtlein

das abtrünnige teufelchen
hat sich ins paradies gemogelt
verschreckt sitzt es
unter einem erdbeerstrauch
auf diesem bild aus dem mittelalter
blühen alle blumen hier gleichzeitig
und das ganze jahr hindurch
die früher vieldiskutierte frage
wieviele engel passen auf eine nadelspitze
hier im paradies ist sie gelöst
in der hölle jedoch
werden sünder nicht nur
mit forsthaus falkenau
sondern auch mit werbung
von prostataheilmitteln gequält
im himmel dagegen alles vom feinsten
über die jahre wird es dann
doch etwas fad ohne körper
kein sex kein fußball

keine geheimnisse keine rätsel mehr
grundloses glücklichsein
ohne etwas dafür tun zu müssen
mittendrin sitzt der indio
der immer noch die bibel
ans ohr hält um das wort gottes zu hören
können tiere in den himmel kommen
gehen wir den weg zurück
zur großmutter und dann
weiter zur großmutter von der großmutter
und irgendwann kommen wir
an die weggabelung an der
wir den gemeinsamen vorfahren
von affen und menschen treffen
und irgendwann noch früher
sehen unsere vorfahren spinnen ähnlich
zwangsläufig ist es also so
dass fuchs und hase im himmel friedlich vereint wären
wenn es einen himmel geben würde

todesfeesirenen

standen wir am rande eines luftlochs
sangen glucksende wasserlieder
mit dem spaceliner lösten wir die
schwingungsknoten der lichtglocken
jetzt tönten die todesfeesirenen
im schwingenschritt durch das raum zeit gefüge
die elektrostatisch aufgeladenen zeitturbinen
verbogen die wahrscheinlichkeitsachsen
zu unseren gunsten
kein hindernis war uns zu hoch
als dass wir nicht drüber weglachen konnten
von der unsinnslawine
ließen wir uns hinwegreißen
bis uns der atem wegflimmerte
die oberjubler mit ihren wortverstärkern
öffneten ihre satzkonserven
ließen ihre ungefilterte wahrnehmung
über idiotenschaukeln auf uns niederregnen
aus sternenschächten krochen lichtjahre

die sich auf ihrer mission durchs all
knapp unterhalb des van allen gürtels bewegten
auf der suche nach dem quantentreff
der die unbemannten betäubungsstrahler
unschädlich machen sollte
mittendrin saß ich
all diese merkwürdigen dinge
für die nachwelt festzuhalten
in der hoffnung
doch noch eine umkehrentwicklung
mit hilfe der hintergrundstrahlung zu erreichen
die buchstaben der tastatur duckten sich weg
ächzten unter der verantwortung
nur der wahrheit verpflichtet zu sein
zu guter letzt drehte ich mich um
und schaute mir selbst in die eisgrauen augen

salto rückwärts

bei einem lustpumpenbetonten
rückwärtssalto vom startblock
streifte ich mit meiner nase
den senkrechten teil desselben
dies ging gerade nochmal gut
wäre mir nicht bei der drehung
mein jochbein in den mund gefallen
seither möchte ich keinen
salto mehr körperlich ausführen
jedoch möchte ich ihn denken können
um die unfallstelle wurden
cäsareische schutzlinienketten gespannt
und die wächter hatten sich trichter
verkehrtrum auf den kopf gesetzt
und je eine blume reingesteckt
ein schweißtropfen
fällt auf die frisch geschriebenen wörter
des linienrichters
und die tinte verläuft

aus der wertung des unparteiischen
wird ein schwarzer tintensee
da gingen sie hin
die perforierten träume
der startblockspringer
auf dem heimweg fiel ich
in ein übergroßes tönernes tintenfass
zum glück hatte es jemand gesehen
und mit einem hammer
das fass zerschlagen
da saß ich nun schwarz getuscht
und nur meine weißen zähne leuchteten
aus dem schwarzen saft
im gasthaus zum spukenden tintenfaß
bestieg ich
sich überschlagende wortschaukeln
den stoff aus dem die liebe
gewebt sein sollte
zogst du mir über den verdrehten kopf
und ich folgte den schatten
deiner gedehnten wörter

die du mit einem sack
voller fehlfarben verziertest
und einen trennenden gedankenstrich
zwischen uns zugelassen hast
aus dem wolkenkuckucksheim
kam nebukadnezar
im wichtigoberamtsgewand
er hatte seine kuckuckseier
ins falsche nest gelegt
nebelkeuchend versuchte er
schönwettergedanken
aus der haremshose zu ziehen
betrachtete die niemandslandkarte
auf der wir einen länglichen
buchstabenkontinent durchschritten
und plötzlich wurde mir bewußt
mich in den buchstaben eines textes
zu befinden
die mit ihrer anordnung
noch nicht zufrieden waren

germanengrütze

menschen die ihr leben
einem nassen braunen furz widmen
träumen ihren blonden
blauäugigen traum
essen ihre germanengrütze
üben sich im zackigen doppel s
schweißperlen glänzen
auf ihren rasierten schädeln
unter der blutgrätsche
begrabene schreiduelle
mit dem geschmack
von messinghülsen
aus dem faulwasser
ihrer ohnmachtergreifung
fischen sie das stahlgewitter
ihrer polierten totenkopfringe
auf tonbändern hören sie sich
das knattern von maschinengewehren an
um in stimmung zu kommen

im gleichschritt
ihrer dünnen gedankensuppe
gibt es einfache lösungen für alles
vernunft wird solange durch den
fleischwolf gedreht bis sie braun ist
die sache hatte einen haken
und das kreuz mußten andere tragen
im zwischenreich der
neubeflaggten kanzleistuben
erhielten frauen ihr mutterkreuz
unablässig suchten sie mit ihren
lichtdomen den nächtlichen himmel ab
um den feind restlos auszumerzen
unerschütterlich ist ihr glaube an den führer
unter ihm wird alles erfasst
geformt organisiert eingegliedert
wer sich weigert bekommt sonderbehandlung
im gleichgeschalteten eintopf
ihrer aufgepflanzten bajonette
zum schutze des deutschen blutes
und der deutschen ehre

weltkrieg II

stahlvögel schwadronierten am himmel
aus ihren ölschwitzenden gedärmen
formte sich der überschall
am liebsten unter dem radar
zwischen radarpilz
und panzerschokolade
probten stiefelknechte den widerstand
aus einer mischehe zwischen
ariernachweis und entartetem blutzoll
wanden sich gedankenschleifen
aus einem tausendjährigen reich
und sprachen die sprache
unterm hakenkreuz
von himmelsstrahlern entdeckt
wurden fliegende festungen
ins visier genommen
doch bevor sie unschädlich
gemacht werden konnten
öffneten sich die bombenschächte

und ließen ihre fracht auf städte fallen
ein heilloses durcheinander
angefeuert durch sprechattacken
und flüsterpropaganda
und im letzten aufbäumen
wurde menschenmaterial
an den westwall gebracht
in dieser zeit war alles
einmalig einzig gigantisch historisch
total ungeheuer ewig
auch totschlagargumente brachten
keine lösung für das unrühmliche ende
hitler wurde vom gröfaz
zum größten arschloch aller zeiten

venedig

durchlauchteste lagunenstadt
der löwenrepublik
spiegelungen im wasser
und den fensterscheiben
in meinen fotoapparat ließ ich
linsen aus muranoglas einsetzen
die krümmung aufs müh genau geblasen
versinkende palazzi
bewohnbar nur im obergeschoß
wer wird die
leckgeschlagenen paläste kalfatern
an seltenen tagen
regnet es entwicklerlösung
dann kann man fotopapier
durch die kanäle ziehen
und die ungesehenen bilder
sichtbar machen
in der nacht
lange belichtungen die samtigen glanz

auf dem wasser erzeugen
anschließend die bilder
wie einen goldschatz nachhause tragen
bananenförmig gebogene gondeln
werden aneinander vorbeidirigiert
ohne sich zu berühren
stille glasbläser im widerstreit
zu blechbläsern und tontauben
die herren der nacht
auf der suche nach casanova
mit höchst peinlichen verhören
wollen sie das geheimnis seiner flucht
aus den bleikammern herauspressen
geheimbotschaften in tintenfischtinte
hemmungslos mit masken
und flüssigen schatten
zwischen schweinehälften
wurde das skelett des heilgen markus
aus ägypten herausgeschmuggelt
kam als reliquie nach venedig
und meer te den ruhm

kein umherschweifender blick

wird durch autos beleidigt

beim nächsten mal werde ich

die monströse rechnung im caffè florian

mit einem noch größeren trinkgeld abschließen

nachts holte ich

den löwen von seiner säule

an der kette

führte ich ihn durch die stadt

hin und hergerissen

zwischen mordlust und dankbarkeit

schaute er mich an

am himmelfahrtstag

vermählt sich der doge mit dem meer

auf dem schiff bucentaurus

segelt er ins adriatische meer

wenn er den goldenen ring

ins meer wirft

spricht er folgende worte

camouflage

tarnen tricksen täuschen
mit dem diaprojektor projeziere ich
unsichtbarkeit auf mich
in der cafeteria venedig
von tobias rehberger
verlieren wir die orientierung
nichts ist hier wie in normalen räumen
unser gehirn wird in die falle gelockt
wir tasten die wände ab
weil wir unseren augen
nicht mehr trauen können
versuchen vorsichtig den nächsten schritt
inmitten von komplexen
geometrischen formen
und kontrastreichen farben
im ersten weltkrieg wurden schiffe
in dieser technik angemalt zur tarnung
ist das hier ein stuhl
oder nur ein hirngespinst

ein kuddelmuddel
an formen und farben
die verwirrlandschaft
wird durch spiegel verstärkt
das gehirn kommt nicht zur ruhe
mühsam versucht es sich
in dieser psychedelischen welt
zurechtzufinden
ein getarnter tisch
könnte sein maul aufreißen
und uns verschlingen
der boden geht ohne ankündigung
in die decke über
oh untrauliche baute
ich bin der vorder-
und der hintergrund
ich setze mich
auf meine alte super acht kamera
und los geht die schwindelfahrt
ohne orientierung durch raum und zeit
ich stell mich an die wand

angezogen mit dem gleichen
streifenmuster wie die wand
und erschrecke die menschen
die vorbeilaufen
meine gedanken gehen
auf einem falschen wege spazieren
von hier aus könnte man
einen anker in den treibsand werfen
zebrastreifen durchkreuzen
schwarze und weiße Wand
wenn jemand einen raum
so schwere arbeit verrichten lässt
sollten wir ihn extra bezahlen
ist der raum real genug
um ihn anzufassen

eiskönigin

ich gerate unversehens in den strudel
der gletschermühle ohne rückfahrkarte
am gletschergrund werde ich zerrieben
zwischen tiefschürfenden worten
eine überbelichtete eiskönigin
verblasste gegen den glasigen hintergrund
und fraß lustlos
meine erfrorenen worte
ich versuchte
sie mit meinem körper zu wärmen
doch ihr brachen nur die glieder ab
in diesem vorhof des eiskalten frohsinns
brach aufgestauter unsinn
sich seine bahn
ergoss sich über die vernunft
und erfror
leuchterleichen lagen herum
immer noch lauflüstern und bereit
für die komplementärperversion

nämlich wachsende eiskristalle
zu schmelzen
tauend rutschte der mantel
des schweigens zu boden
lasset uns die kathedrale
des eises preisen
unverblümt lagern eisblumen
ihre nicht-aromen aus
in einem engen spalt
auf dem boden kriechend
über mir der gletscher
unter mir die wasserschicht
auf der der gletscher
dummselig talwärts fährt
versuche ich in esperanto
kontakt mit ihm aufzunehmen
ihm die bizarren protokolle
der reibung zu entlocken
welche geheimnisse
wirst du sonst noch preisgeben
wenn dein eis schmilzt

vorwitzige wanderer

die in deine spalten geraten sind

gekühlt haltbar über jahrtausende

danach ausgestellt in vitrinen

eisig

chiffrebriefe

in einem bahnwärterhäuschen
einer stillgelegten bahnstrecke
gaben schaumträume sich dem bewohner
als erinnerungen aus
zwischen verrosteten schienen
wuchsen worthülsenfrüchte und löwenzahn
eine triebwagenlok
mit einem einzigen waggon hielt an
so etwas hatte es seit jahren nicht gegeben
der lokführer musste sich verfahren haben
wo finde ich die vergessenen postsäcke
fragte der lokführer
hier gibt es nur mich
und meine vergessenen antworten
sagte der mann im bahnwärterhaus
da haben sie aber nicht richtig nachgedacht
das kann schon sein
aber das wundert mich nicht
postsack dudelsack chiffrebriefe ganz diskret

briefe jahrelang gelagert im sack gereift
brisanter inhalt der niemals
ans licht gezerrt werden darf
die spuren der vernichtung
sollten nirgendwo erkennbar sein
von mäusen angeknabberte anonyme postfächer
mit unstetem lochbild
teilsinn entledigt
die geschriebenen schlüpflichtaventüren
ohne netz und seitensprungtücher
die diskretion betete einen faltkranz der mieder
unterm bett da lag er der postsack
und dann flog jeder brief
in den uns wärmenden ofen
die erinnerungswolken zogen ab in den schornstein
hier erinnere ich mich
an den kantor von wermelskirchen
der immer vor begeisterung
über den schluss hinausgesungen hatte
montags ließ er alle töne ins leere laufen

strong man

you are strong man you are neckerman

ein schiff wird kommen

sprach die hafenhure

and then machine get hot

in guten zeiten kann man auch mal

einen tausender versaubeuteln

am ende waren es doch nur luftnummern

eitles gegaukle der triebe

sich mit den fäusten auf die brust zu schlagen

ich tarzan du jane

zehn gunmen warfen sich in den schlamm

nur damit lola gomez in ihrem sonntagsstaat

trockenen fußes von der postkutsche

in ihr hotel kam

irgendwann war der drops gelutscht

und die geilheit bewegte sich

auf ganz dünnem eis

dann versuchte er

aus der not

und mit dem siegel der erleuchtung
eine tugend zu machen
abgeklärt auf die welt und neidisch
auf die jungen wilden zu schauen
am siebzigsten geburtstag
steigt dann die stripteasetänzerin
aus dem übergroßen osterei
höflich lächelt er und beklatscht das dargebotene
aus der erinnerung steigen nebelschwaden auf

splitterreich der gebrochenen gläser

beginne dort
wo meine glühbirne ihre fassung verliert
kelchneigend glanzlückender
seidenschrein verzierlichtert
in seinem haar umherirrende leuchtkäfer
die von tageslichtschranken
aufgehalten werden
im splitterreich der gebrochenen gläser
beginnt das verbrecherische leben
der wörter vor der niederschrift
die sprachübenden zählwerke
sind mit kette und schuss verwoben
teleskopworte sind über ein gestänge
an ein koppelwortgetriebe angeschlossen
und heben rhythmisch
die köpfe aus dem schweigen
an die hose wurde der letzte
wörterknopf angenäht
auf frisch polierten benutzeroberflächen

der wortsalat serviert
ganz langsam schleiche ich mich
aus den falten der zukunft zurück
im kopf flackernde gedanken
mirakelbekränzt
die abgepausten lebensgeister
an die garderobe hängend
im wohnzimmer sitzen schon
die glassplittergruppen
in ihrer unporösen materialität
kalt und lichterreflektierend
scharfkantige mosaiksteinchen
sich zu etwas formierend
einem schwarmtrieb folgend
buchstaben zu silben
und silben zu wörtern sich ordnend
mit lötsinn verbundene
transcrucifikationen
schon hier zeigt sich die tatze des löwen
so steht er da
zufrieden mit sich und seiner hose

welche die schuhhaken umkoste
so viele antworten und keine fragen
die sich freiwillig zur verfügung stellen
mit seinem kleinen boot schob
er eine riesige humbugwelle vor sich her
und zahlte eine größere summe
auf sein lachnummernkonto ein
spinnen ohne netz und doppelten hoden
wurden nach dem verkehr
von ihren weibchen gefressen

körperteile

die leber

eingewickelt in eine alkoholfahne

träumt von der abstinenz

durch blutwaschungen

hinter dem rippengeflecht

sickerten weitere anomalien

in bereitgestellte knochenschalen

mein gesicht symmetrisch verzerrt

wie im rorschachtest

die ohren bis unter den schritt

langgezogen und verknotet

hoffnungsfroh erheben sich die fußnägel

drehen sich gekonnt aus ihrer verankerung

wollen endlich ein selbstbestimmtes leben führen

an der nabelschnur hängt das zwerchfell

wie eine trophäe

mit mariniertem harndrang

welche ausgeschwitzten gedankenspiele

den papierkorb überleben werden

ist ungewiß

habe die noten

unter den klangteppich gekehrt

brauche unbedingt ruhe

in den restlichtzonen meines gehirns

versuche ich rückgratgebunden

den gummitwist

schwimme auf dem treibholz

meiner eigenen irrtümer

in den wind gedreht

füllt sich das gaumensegel

mit zweifeln ob dem dickdarm

noch zu trauen ist

oder ob er sich mit dem

fersengeld aus dem staub macht

hinter den vakuumschleusen

halte ich reden vor versammelter leere

merkwürdigkeiten

das geköpfte huhn
flog die frisch gestrichene hauswand hoch
und hinterließ ihr blutiges muster
mitten im kreisverkehr
erwischte mich ein flashback
ich sprang aus dem auto
überquerte die insel und hechtete
wieder in mein inzwischen
angekommenes auto hinein
die leute erschraken
als ich den hut freundlich lüpfte
und die räucherstäbchen ausatmen konnten
sie lebten in häusern
gebaut aus schneeweißen fürzchen
und dunkelgelben dottersäcken
der videorekorder spuckte
die ihm unliebsame kassette einfach aus
descha wü sagte der rentner am straßenrand
und legte alle schon mal gesehenen bilder

in toten briefkästen ab

in gedanken konnten wir

auf lichtwellen surfen

und zeitloopings durchfahren

die zeit raffte und streckte sich

ganz nach belieben

fische wischten sich den schuppenregen

von den schultern

jeder mensch erfindet sich früher oder später

eine geschichte

die er für sein leben hält => max frisch

wirres zeug

die worte spuckten bleichgesichter
aus ihren verblichenen mündern
die anaconda wand sich um seinen hals
und drückte zu bis ihm die augen
wie korken aus dem gesicht flogen
nichts war da mehr mit augenweide
in sattem rot leuchtete seine birne
während ihm ein
unbemanntes vogelweibchen
die fragepartikel um die ohren flog
unter seinem federkleid
trug es eine zeitkapsel
die es nach belieben
öffnen und schließen konnte
geschenkte zeitreisen
für verdiente mitarbeiter
eins geteilt durch etwas sehr kleines
ergibt etwas sehr großes
und der schatten davon

senkt sich auf die erde herab
die außerirdischen
sie haben uns gefunden
zu berg zu tal
landschaften weltoffen
breiten sich aus ohne scham
die penetranz des luftwiderstands
endet dort
wo der luftikuss auftaucht
gestern war die sicht so klar
da hätte man
das land von übermorgen
sehen können
ich zog einen berg hinter mir her
einfach so weil ich es konnte
das ende der welt
war schon in sicht
mit einem langen seil
wollte ich mich ins nichts abseilen
die saumseligen saßen immer noch
in ihrer überlebensblase

vom meeresgrund aufsteigend in schockstarre
sie begründen ihre berechtigten interessen
ohne grund unter ihren füßen zu haben
opferlämmer die mich begleiten
riechen so langsam den braten
den sie abgeben sollen
bemeckern ihren voraussehbaren gang
während der messe wird brot
in den leib christi verwandelt
anschließend wird gott aufgegessen

bembelbarock

so sind wir den verholperungen
des schicksals
entgegengestolpert
um die verbeulten worte
aus dem zungengrund
zu retten
halbsätze sind unter mir
hindurchgeschaukelt
geformt gestrafft im eignen saft
aufgestiegen zum bembelbarock
voller herzensgüte und leibesschwäche
floskelanten die in ihren nebelwelten
windeier legen
auf sprachvermauschelungen
bauen sie buchstabensäulen
mit denen sie
ihre kopierfehler überschreiben
aus dem gezündeten mundfeuerwerk
sprühen lachsalven

in die schweigende nacht
als finsterbart und nonnenschreck
lenkte er seine oxydierten luftgespinste
durch innere landschaften
immer auf der hut vor den
flügelschlägen der fallenden engel
zwischen den zeilen
eingelegte infamtarsien
betreffelten im fieberwahn
seine dunkelgedanken
auf schattenrössern
ritten sie durch pfefferwolken
versuchten ordnung
in ihre buchstabenhaufen zu bringen
mit scherenschnittartigen bewegungen
liefen sie als schatten ihrer selbst
durch sich hindurch
über den abgrund hinaus
geschriebene sätze
versuchten sich
mit hilfe von wortakrobaten

an herunterhängenden lichterketten

festzuklammern

und er stand da

wie ein opfer

das seine kugel erwartet

nur lucky luke war schneller

als sein schatten

probelauf

lassen wir ein paar buchstaben
zur probe loslaufen
zwischen einem schluck tee
und einem halben huster
verstecken sich einige
zwischen zwei schatten
andere treten aus sich selbst heraus
und stehen neben sich
auf den kopf gestellte wahrheiten
fallen aus den hosentaschen
der protagonisten
wir befinden uns mitten in einem gedicht
die zelebranten sitzen
auf einem zernagten schattenriss
und lauschen den umflüsterungsversuchen
des windes
der in streifen geschnittene worte
aus dem zehnerpack herausbuchstabiert und
von der tastatur in die wortspeicher einlagert

wortonatoren treten ein ins hypnosezelt
zerlegen ihren wortpanzer in handliche silben
und schmieden daraus buchstabenketten
aus wortbrüchen herausgemeißelte
scheinwelten
beißen sich an granitäpfeln die zähne aus
auf wortkargen böden
wächst das schweigen
über sich selbst hinaus
aus der ferne ein geschwader
wilder worte
welches in freien rhythmen
das versmaß niederwalzte
da liege ich
mein eigenes versteck
hat mich gefunden
zwischen queckengras und drüsenwurz
wächst mir wundklee
aus den nasenlöchern
der stolperstein trifft mich
als ich gerade meinen besten gedanken

denken wollte

auf den grund gegangene worte

schicken sprechblasen nach oben

ungehört

unerhört

vom tau benetzt spricht die taube jetzt

fuge niemals den spalt

den du nicht wolltest

einem anderen zu

die helligkeit ist endlich bereit

mich ins rechte licht zu rücken

mario und nette

viele schnüre wuchsen
von meinem körper zur decke
könnte ich doch an ihnen ziehen
und mein eigener marionettenspieler sein
im extremfall zieh ich meinen abgetrennten kopf
am schopfe aus dem sumpf
der schlitten mit vielen fehlenden worten
wird von schweren schatten gezogen
unser schweigen wiegt noch schwerer
wenn wir buch und staben
von der kette lassen
kein versteck hat raum genug
für meine maßlosigkeit
ich flechte staben in die bücher
um den eingang
in die ausweglosigkeit abzusperren
scharf angebratene tage
werden von akkordeonklängen
in die nacht getragen

mario und nette laufen
soweit ihr atem reicht
dann stecken sie sich gegenseitig
einen goldenen ring an
ihre liebe netzt
wie süßer tau die eingeweide
und in der tiefe ihrer seelen
beginnt eine gefrorene musik zu schmelzen
in ihrem eifer küssen sie sich mündlich
ein kolben pumpt wagnis
in ihre winterblauen skalpierten köpfe
unter vielstimmigem raunen
schnitzt er zwei sich schneidende herzen
in die alte blutbuche
ach wie sehr wünsche ich
dass diese geschichte wahr sei
und nicht nur die idee einer liebe
alle blasrohre schalten für eine trauerminute
ihr gebläse ab
die straße katzbuckelt genau dann
wenn ich mit dem fahrrad komme

wahnwitz

ich weiß nicht
wen ich beschuldigen soll
ich habe keine augenzeugen
brav und bürstig wurden gute worte
aus meiner vierkantigen seele gefräst
ungefragt kam das glück
und walzte mich nieder
verteilte mich als goldflitter
an die glücklosen
mit morsezeichen stehe ich
mit ihnen in verbindung
durch schluckauf werden
die signale erzeugt
die mir ihren ferngelenkten
willen aufzwingen
nach einem ausgeklügelten
rahmenrichtlinienaufstellungsplan
helft mir
sie wollen mich in einer vitrine ausstellen

neben dem zebra das sich nicht sattsehen kann
an seinem gestreiften pyjama
in den lachfalten der verborgenen kraterseen
pupsen fischlein munter vor sich hin
mit ihren röntgenaugen
wollen sie in mich hineinschauen
ich werde sie nicht beachten
bis mir der irrwisch
aus dem kugelschreiber sprießt
oder buchstaben vom feenwind umfächelt
auf dem papierbogen landen
im pontifikalamt der worteverbieger steht die
seelenwaage gleich neben dem brimborium
alle werden nach meinen regeln spielen
erstens
die sonne scheint nur noch wenn ich es sage
zweitens
abschaffung der ernährung und des stuhlgangs
wenn wenigstens wasser vorhanden wäre
das mir im munde zusammenlaufen könnte
um hunger zu bekommen

crazy

die kleinen wunder
hängen heute an der wäscheleine
die großen wunder
sind noch nicht geboren
wir tun jetzt mal so als ob
und das als ob übernahm
die patenschaft unserer gedanken
entkörperte gehirne
ulknudelten in der nährlösung
parallelgeschaltet als denksklaven
und voll auf sendung
ich hatte das gefühl
auf eine ausgelaufene batterie
gebissen zu haben
dabei war ich gar nicht der
für den mich alle hielten
vielmehr bewegte sich
mein voll verstrahlter geist
in einem raum unendlicher schleifen

und wollte mich

mit allerlei schabernackhypothesen

dazu bringen

den ungefilterten wirklichkeitsgenerator

aus dem nervensägewerk der buchstabenhausierer

zu entwenden

mit solchen strawanzereien

und anderen liebestechnisch

gewagten devotionalien

stand ich da

und fror volles programm

sollte das etwa bewusstsein sein

dieser rhythmische tanz

neuronaler entladungen

und synchroner oszillationen

in meinem körper befand sich

zuviel elektrizität

die meine gedankenflickflackerei

in sich selbst hineinexplodieren ließ

wenn man das video

an einer bestimmten stelle anhielt

konnte man eine geheime nachricht lesen

aus den gedankenverdrahtungsplänen

wurden fehlstellen herausgelöst

die man sich dann

an die hutschnur stecken konnte

und zu guter letzt

fuhr ich im kreisverkehr so schnell

dass ich von hinten

auf mich aufgefahren bin

crazy

wurmloch

in der mittagshitze steht einer
an die wand gelehnt
breitkrempig behutet
und beobachtet seinen schatten
wie er weiterzieht
warum sollte er sich
mit weniger zufrieden geben
sobald meine füße
mir unter die arme greifen
und mich aus dem dübelloch
herausdrücken
klopfe ich mir den sternenstaub
aus den kleidern
die großen dinge des lebens
werde ich in kleinen
wurmlöchern verschwinden lassen
und ein kaninchen aus dem hut zaubern
schwarze löcher erschaffen wurmlöcher
und diese sind der eingang

zu paralleluniversen
unter schmerzen
soll sich die raumzeit krümmen
rotierende massemonster erzeugen
eine art schaum vor dem mund
an der garderobe geben wir
unsere gravitation ab
und fahren dann
mit einer geisterbahn
durch das wurmloch
wir schließen die augen
und hoffen dass die außenwelt
noch da ist wenn wir
die augen wieder öffnen
dies ist eine abkürzung
zum anderen ende des universums
wie sie die fantasie
nicht besser schaffen könnte
ringsherum sterne
die an lichtschwäche sterben
da die zeit zusammen

mit dem urknall entstanden ist
darf man nicht fragen
was davor war
die zeit seppelt am
bewegungsmelder entlang
irgendjemand wurde
hinter das licht geführt
und hatte dort seine erleuchtung
die wahrscheinlichkeit ist groß
dass es außerirdisches leben gibt
kein wort jedoch in der bibel
von unseren außerirdischen brüdern
und schwestern
warum weiß die bibel immer nur soviel
wie die menschen der damaligen zeit
die die bibel geschrieben haben

lichtkreuzung

an den lichtkreuzungen hocken
die lampensieder kartoffelbäcker
grinsekuchen schneetreiber
und verkaufen worte zu wucherpreisen
ein Schrumpfkopfkabinett
umringt von nebelkerzenzündern
hühner laufen mit ihren
in blut getauchten füßen
über die weiße leinwand und werden dabei
von ihren hühneraugen beobachtet
ich möchte meinen kopf
in den schraubstock einspannen
und reparieren
was vor langer zeit schiefgelaufen ist
verhornballungen verheuballungen
intrigante verdummdeutelungen
an seidenen fäden wurden die
dampfwalzen des glücks heruntergelassen
um die aufkeimende angst flach zu halten

wir alle müssen das gewicht
einer 10 km hohen luftsäule tragen
löschpapiere saugen die not
der menschen auf
und werfen sie am rand
der welt über bord
ich möchte am äußersten rand
des wichtigkeitskreises
ein beschauliches leben führen
bucklige teufel
die auf den hypotheken der anderen
in den reichtum reiten
blätter und bleistifte zuhauf
sind mein schützendes dach
im gedränge der ängste und begierden
durchjag ich mein leben
auf steckenpferden
als schimmelreiter
und sonst verzweifler

quantentunnel

aus dem quantentunnel
erreichen mich überlichtschnelle nachrichten
die aufgrund stellarer fehlzündungen
nur schwer zu verstehen sind
und beim ersten lichstrahl verdampfen
implodierende störgefühle
ragen aus dem meer der möglichkeiten
und wollen mein leben neu erfinden
ist das alles echt
oder sollen hier schwarze löcher
mit riesenkürbissen gestopft werden
wie gern würde ich meinen
problemrucksack hier abstellen
und ohne ihn durchs all gleiten
der kompass dreht sich wie irre
weil er keinen bezug mehr zu irgendwas hat
durch umkehr der schubkammern
werde ich mit einer doppelpunktlandung
an ihre gehirne andocken

und sie für mich arbeiten lassen
meine erfolge werden in schaukästen ausgestellt
nur der wortgeruch ihrer lobeshymnen
lässt mich flüchten
ich habe den zenit meiner nebelfahrten erreicht
alle nicht knackbaren verschlüsselungen
sollten den mut besitzen
mir vor die augen zu treten
der druck in der kabine wird zu groß
bevor das blut spritzt
klopfe ich mir den sternenstaub
aus den sandalen
und bin für den wiedereintritt
in die erdatmosphäre bereit

poesiewölkchen

nehme ich platz auf einem poesiewölkchen

auf urlaub von der schwerkraft

gleite durch den hyperraum

mit all meinen illegalen geisteszuständen

bin ich auf der suche nach dem jackpot der ideen

die ich im spitzen winkel zur realität abfeuern will

ab und zu bedrängt vom tourettesyndrom

haben rasen nasen blasen

denke ich an meine lieblingsfarbe

sternhagelblau

in einem sessel des raumschiffs

der meinen körper umschmeichelt

zünde ich die rhythmusmodulatoren

die den photonenantrieb noch stärker beschleunigen

meine augen schieben sich rückwärts durchs gehirn

und können mir beim denken zusehen

kurz vor dem gravitationskollaps

rollen sich vier dimensionen zusammen

und schieben mich durch ein wurmloch

bei diesem prozess der entmaterialisierung
widersetzt sich mein schrumpelschnatterling
da er in drachenblut gebadet hatte
und wird längs von der muffe gepufft
in diesem bipolaren zustand hilft mir dann
mein kosmisches federgekratze
bei der aufarbeitung meiner metallenen düsternis
ein tee aus lachwurz und binsenweisheitskraut
gibt mir bodenhaftung im schlingernden raumschiff
das leitwerk pulverisiert sich
ich trage das hitzeschild vor mir her
gefangen in einer zeitblase
aus ionosphärischem sonnenwind
was kann jetzt noch der sinn des lebens sein

nachwort

alles was ich hier schreibe
wird sich irgendwann
als gut oder schlecht erweisen
mit jedem buchstaben
habe ich mich festgelegt
die buchhalter
mit ihren feuchten stempelkissen
werden mir keinen fehler verzeihen
zu viel
zu wenig
zu religiös
zu heidnisch
zu prüde
zu sexistisch
zu emotional
zu materialistisch
zu sprunghaft
ohne punkt und komma
kein engel

der mich sicher

über den schmalen steg geleitet

keine hosenträger

die verhindern dass mir

die hose im unpassenden

moment herunterrutscht

putzkolonnen versuchen

mir das gehirn zu reinigen

meine neuronen

mit magneten auszurichten

mich auf ein

gottgefälliges gleis zu setzen

im hexensabbat der

gedanken worte und werke

mache ich weiter

unbeirrbar naiv und selig

und hoffe

dass es irgendjemanden interessiert

Inhalt